冰心散文奖
获奖作家散文自选集

风物追影

刘景明 著

组　　稿：中国散文学会
总 主 编：周　明　红　孩
执行主编：凌　翔

中国经济出版社
·北京·

图书在版编目（CIP）数据

风物追影 / 刘景明著.
—北京：中国经济出版社，2020.4
（"冰心散文奖"获奖作家散文自选集 / 周明，红孩，凌翔主编）
ISBN 978-7-5136-5681-8

Ⅰ.①风… Ⅱ.①刘… Ⅲ.①散文集—中国—当代
Ⅳ.① I267

中国版本图书馆 CIP 数据核字（2019）第 082335 号

策划编辑	崔姜薇
责任编辑	焦晓云
责任印制	马小宾
封面设计	陈　姝
封面插图	阿　秋

出版发行	中国经济出版社
印 刷 者	唐山楠萍印务有限公司
经 销 者	各地新华书店
开　　本	710mm×1000mm　1/16
印　　张	13
字　　数	168 千字
版　　次	2020 年 4 月第 1 版
印　　次	2020 年 4 月第 1 次
定　　价	49.80 元

广告经营许可证　京西工商广字第 8179 号

中国经济出版社　网址 www.economyph.com　社址 北京市东城区安定门外大街 58 号　邮编 100011
本版图书如存在印装质量问题，请与本社发行中心联系调换（联系电话：010-57512564）

版权所有　盗版必究（举报电话：010-57512600）
国家版权局反盗版举报中心（举报电话：12390）　服务热线：010-57512564

目　录

第一辑　流年回响
　　青瓦流年　002
　　家乡话的味道　006
　　老家田土　009
　　一个人的红色地标　018
　　血脉相承　026
　　有些收成珍藏着　030
　　婚事的节拍　037
　　祠堂年事　042

第二辑　时光再现
　　一起走过那些年　048
　　山区部落　052
　　蝉鸣时节　060
　　家猪的肖像　071
　　樱花的气息　079
　　桃花带雨三月开　083
　　那棵"母亲树"　086

第三辑　乡野况味

赣南酒道　092

安西"老爷会"　094

麻雀唱晴空　097

新版家园　100

乡情如笛　103

大桥的况味　106

花历流芳　112

石门坑漫笔　118

第四辑　心路秩序

相约书社　124

乡间榨油坊　127

石雕汉子　129

荷塘思绪　131

卖西瓜　133

内心的秩序　136

昨日的距离　140

第五辑　风物追影

花园惊春　146
竹桥遗梦　150
东禅寻钟　154
西湖倾城　159
七里听滩　163
五团望仙　169
谷山翠云　173
桃水追蓝　178
香山行吟　182
同年寨情结　188
于都组歌　192
围屋寻梦　197

第一辑　流年回响

青瓦流年

赣南的青瓦非同寻常，古朴素雅，沉稳宁静。聚集的房屋楼宇，散落的茶亭寺庙，哪里少得了它的踪迹？

最初，我从甲骨文字形中窥测到瓦的久远存在。它点缀了西周少许屋脊，普盖东周春秋的栋梁。瓦与砖并驱于秦汉，合成了"秦砖汉瓦"。可见，烧瓦技术的发展速度比我想象的要快。早在公元前640年，它起始北方，波及南方，继而兴盛，甚至传播到国外，欧亚洋瓦房就融入了中国遗风，世代相传，日新月异。

赣南的瓦共泥一色，流行青灰色彩的瓦片，俗称"青瓦"。瓦匠，在古时中原迁徙过来的祖辈当中，编入手艺一族，被叫成"玩泥巴巴"的做瓦佬。

老家的村子，遍布黏土洼地。做瓦佬选定坡地，刨开表层沙泥石土，精取纯净的黄泥巴，铲进粪箕，装上独轮车，倒入瓦坊的蓄泥池。当泥土堆满半亩大的池子时，引进渠水浸泡。两个昼夜后，池中浮现的球泡沉破，做瓦佬便将水牛牯灌饱米糠盐水、喂够青草，然后，罩上它的眼睛，拿根鞭条牵它进池。做瓦佬前行，水牛牯随后，如耕耘稻田般循环踩泥翻泥，推石磨一样转来转去。做瓦佬赤膊露肌，汗珠落雨样密集；水牛牯鼻呼粗气，摇尾拍臀，持续干到"八道犁九遍耙"为止。

做瓦佬把一团团稠软熟泥兜到瓦坊一角，堆成一条弧形泥墩坯子，用弓形的竹片拉根铁线把它切成四个等份。接着，便换成削笔刀模样的木块钢丝刀向泥坯平拉，割出一片三分厚的薄泥，双手像揭纸张那样把它托起来。圆桶模型台边，做瓦佬将这块泥片包紧在圆桶外壁的贴布上，拿着木梳状划片，围绕转轴旋转一圈，在外壁划出四条凹界，旋即提去晾晒地放置。等它风干掀开贴布，自然裂成四片瓦坯。这期间，有四个圆桶和贴布轮流替换，褪下来的浸入木盆里，保持润滑不滞泥坯。这些情形类似于如今给手机、电脑屏幕贴保护膜。

瓦窑酷似平卧的客家围屋，窑内容纳三四栋房屋的用瓦量。一座瓦窑，里头不闷气、不暗火、不出"生瓦"，是要有绝活的，跟剥竹笋恰好相反。做瓦佬先在窑底垫平一层火砖，请几个帮手外挑担内传送，自己在窑内掌控把关。找个中心点起堆，砌成半圆形，上下层瓦背靠背垂直，沿吊绳横排竖列。每圈隔开两片瓦宽的间隙，再朝外围一层层、一圈圈堆砌，然后借助靠窑壁的梯子，堆到两个人的高度。窑膛内的瓦坯造型，就像陀螺。

烧窑用劈开的干柴，开始不封闭窑门，烧一阵细火预热，烘烤几个时辰，去除湿气，均衡温度。等闻到一股焦炭味时，就塞严窑门，只留一道洞口，不断地将一根根木柴丢进去，熊熊烈火嗡嗡作响，窑顶浓烟如火箭发射喷向云天。烧完十立方米的柴火，封住洞口，四周放水冷却三日开窑。新出窑的瓦片，青里透灰，色泽亮堂，轻轻一敲，如古银圆发出清脆的"当当"声，让人垂涎。

我的一位堂叔，做了大半辈子的瓦，深谙这门手艺的诀窍。堂叔家里人丁多、家道寒，他年少时跟表兄学成瓦艺，租赁了一块集体山地挖窑。秋冬季节,晴多雨少,劲风吹地,堂叔集中在这个时节动工生产。遇突来的骤雨,那些来不及盖塑料薄膜而被毁在篷外的瓦坯,只得重新拉回泥池。烧窑的木柴,是平时雇工推大板车砍回来的。儿时的一个周末,我同几个小伙伴帮堂叔进山砍柴,闯进封山育林区,被护林员逮住了,堂叔费尽口舌赔礼说情,才把锁在茅屋里的我们"解救"出来。

烧瓦点火前夕,有个仪式称作"打瓦祭"。堂叔从灶前点亮油灯火,一路护送到窑前,烧着松毛引燃干柴。之后,朝窑前正门宰杀一只狗崽,狗血滴入泥土,祈祷烧瓦吉利,不出红颜色的"次瓦"。

堂叔在村民中享有的威望,在众多门类的手艺人中排得上号。盖新房子的最后一槽收尾瓦,主人要请堂叔亲自交叠铺设,寓意堂叔的技艺源远流长,新房的隔音隔热、防雨防漏效果千秋如故。办"下水"宴时,堂叔被邀到首席桌上坐,带头喝下第一杯敬酒,即兴拉开"华厦落成"的庆贺序幕。

我年幼时常去瓦窑坊玩耍,捡拾零散的残瓦当锅灶,摘些树叶、野菜之类的东西,玩起"炒小菜"的儿童游戏。有一次,我偷偷动了真,用砖头架起瓦片,搭成灶台模样,烧火煨烤红薯,一阵风吹得火苗四溅,把旁边一堆喂牛的稻草烧了个精光。那一回,我被奶奶一顿鞭条抽打。

不知从何时起,我看见村前屋后耸立的松、杉、樟、榕等树跟前,繁星般插上了裹紧红布条的瓦片。放置了红布瓦片的树,统称"社官"树,没人敢去砍树移瓦。每年大年初二,村民们端斋饭、放鞭炮膜拜"社官",然后增添新瓦新布,以求"十年树木"长存,风调雨顺常驻。多少年来,古树星罗棋布浓荫匝地,与青灰瓦片交相辉映。

我乡下的老屋早已不居住了,那些祖上用过的碌子、砻磨、风车、蓑衣、斗笠等,静静地摆满了各个角落。前些年,堂叔家拆土屋建楼房,他把曾经相依为命的整套做瓦工具统统收拾过来存放,还挑了一箩陈年旧瓦。他说,衣服穿破洞了,可以缝块补丁;老屋漏雨,再找青瓦添上可难了。那年，一位年逾八旬、半个世纪前移居陕西的至亲爷爷，携子孙三代回老家祭祖，沿村子四周转了一大圈，努力唤醒消逝的记忆。面对已变成花木观赏园的瓦窑旧址，他讲起最早发掘的瓦窑遗址，如陕西的岐山和凤翔秦雍城均有完好遗存。因此，他提议这里也立块碑石，记载瓦窑的流年轶事。家族的后生们围在老人身边拍照合影，定格了意味深长的瞬间。

若干年以后，倘或聊起瓦的话题，我想村里人照样会津津乐道。

（本文获第六届"冰心散文奖"）

家乡话的味道

虽然久居繁华喧闹的都市，习惯拿普通话与人对话，但农村老家那熟悉而亲切的家乡话，怎么也掩不住它悠久而厚实的韵律。

我的老家在人信物丰的信丰安西，那里有不同的方言，家谱有记，志书有载，这没什么可大惊小怪的。公元七世纪中叶唐玄宗年代，外来武装叛乱入侵信丰，朝廷派一官员率领一支征剿军队，在安西中堡与龙州、隘高一带安营扎寨长驻，官兵就地娶妻成家，耕田种地，成为屯军。明清时期，中原先民南迁也散落安西。民国时期，周边县逃难的、躲避抓壮丁的进入安西……历代安西人繁衍生息，东南西北混交腔的赣方言和客家方言自然就应运而生了。

安西，宋元以前叫安乐，明朝宣德年间改为安息。据《信丰地名志》记载，"安西"原为"安息"，有一朝廷命官追寇至此，得了风寒病逝于此，其部属将其葬后，在其坟前默念"安息安息"。不数日，命官亲属梦传噩耗，查访命官辞世之地，传名安息，久而久之成为地名。二十世纪"大跃进"期间，当地为官者认为"安息"这个地名死水一潭，不合"跃进"时宜，提出将"息"改成谐音"西"，因此"安西"之名沿袭至今。

当然，安西的"西"与它所处的县城东南部的地理位置"南辕北辙"，要是有人在当地突然间冲出一句"安西"的普通话音，听者还真的会一时回不过神来。

不到安西，是无缘欣赏它那奇妙而独特的方言的。即便是我，对它的理解也有些不尽完全，它传播在村村寨寨，飘响在田间地头，不张扬也不媚俗，宛如一种与世独立的声音，让人静心倾听起来别有情调，情不自禁地要去寻觅和探索。譬如，人们叫"休息"，安西人则叫"歇刻"；人们叫"工作"，安西人则叫"做工夫"；人们叫"天黑"，安西人则叫"段夜"。听着原汁原味的家乡话，会有一种在热火中淬炼后升腾起来的快感和舒畅，让人深深感受到这方土地的丰饶、风调雨顺，以及这里生生不息的村民生活充满诗意与激情。它又像一张形影不离的身份证一样，时时刻刻提醒着从老家出去的人，无论漂泊到哪里，鬓毛长得再多，也不要忘记家乡。

然而老家的方言难以留住年轻人，他们一旦有机会出去，到乡村之外的地方去求学或参加工作以后，转眼间就会急着放下一脚泥一脚水的家乡话，试探着用混杂着浓重乡音的普通话，略带怯意地与他人交谈，以示对外界的向往和对他人的敬重。唯有留在家乡的老人们，依旧固守着家乡话，像是固守着这片土地上的文化与祖先，神圣而不可蔑视。正如村里老人常讲的一个笑话：

有个初中毕业后到广东打工的小伙子回家相亲，席间提着酒壶给准岳父添酒时，"东施效颦"一样拿广东白话劝酒："我知您酒量好的啦，喝这毛子酒是洒洒水的啦！"气得准岳父不欢而去，因为安西方言"洒洒水"是"拉拉尿"的意思。

后来，老人们把这则笑话常讲给流着鼻涕的孩子听，趁机教训孩子长大了可不能忘本，天真的孩子们如同捣蒜般点头。可是等这些穿开裆裤的孩子开始凸起喉结、冒出"青春美丽痘"时，早就把这笑话给忘得一干二净，一旦走出家门，照样该"工作"的就"工作"，该"休息"的就"休息"。老人们只好把这笑话接力棒一样传给下一代的孩子们。

尽管知道老家人听不惯普通话，我每次回家，依然会倔强地操着"国语"腔与乡里人搭话，遇见大叔大伯，他们问我什么时候回来的，我脱口说："昨晚。"在一旁的父亲不是用杏眼瞪我，就是在一旁做手势解释说："孩子在外面待久了，与不同层次的人打交道多了，不说洋气些的话别人听不懂，现在回家一时改不回来，在家多住几天，就会把话哇好了。"

不过，时过境迁人心移。我离开家乡多年，对家乡话竟不知不觉地平添了几分眷恋与深入骨髓的思念，对家乡的怀念也与日俱增，偶尔遇到不遂心愿的事，或者太久不与家人联系时，居然萌生出一股想听家乡话的瘾头。

那年，我回老家过春节。水泥公路从村前锋利地穿过，别出心裁的楼房湮没在茂密的树林和茫茫的果林里，这熟悉的乡村风景变得愈来愈亲切。一路走来，面对乡亲们热情的问候，久违的家乡话也情不自禁地脱口而出，像风吹土地般自然。我原以为，多年不说家乡话，说起来肯定生涩、拗口，却不想会如此流畅，如顺山而下的溪水，又如随风飘舞的柳絮，自然而然地从口中飞溅而出。老人们听了没有感到意外，他们都会心地笑笑，那成竹在胸的睿智神情仿佛在说，从村子里出去的后生都曾经埋藏过家乡话，可是等他们成家立业以后，又陆陆续续地捡回来了。

看着村里来来往往的时尚男女身着琳琅满目的时装，流动着一样的家乡话，每一个声音都透露出乡村特有的气质和清丽，我感受到一种无处不在的东西——一种血脉相连的动听、优美、和谐。

也许，老家的家乡话只属于在这片土地上繁衍生息的乡亲，假如让我对普通话去做更深的思考，而我的思考又需要伴奏的话，那只能选择家乡话了。

老家田土

一

田土像补丁，缝合在山坡间、岭脚下、平地上、河岸边。"田土肥壤，灌溉流通"，五谷填满其中，前辈们说，这是苍天赐予的恩惠，神灵撮合的姻缘，不可弃之。

我的先祖自北往南逃荒避难，组成了村庄，取了田土名号，大丘、坳丘、喇叭丘、对迳丘、下首、垅里、河湾、陂头下、猪牯湾、深坑公、兰塘尾……

老家人是田土的佣工，日起多早就起多早，月落多晚就落多晚。他们甩不掉犁耙、磙子、镰刀、锄头这些刀耕火种的农具，也离不开牛、马、猪、羊这些牲畜。

老家人在太平盛世的环境下作田耕地，相安无事，但"经雨篱落坏，入秋田地荒"这样的词句，又把老家勾勒成一幅世态炎凉的图腾。

我的大脑里闪现出近代某个时期老家田地里发生的某些事件。其实，我并不愿揭老家人的伤疤，可是不说出来，憋在心里更难受。

某个春雨天，一个扎头巾、穿大面襟和宽便裤的男丁出工，他戴着斗笠披着蓑衣，卷裤角打赤脚，执鞭条牵水牛去耕田。水牛匆匆迈着蹄，嘴巴被套上篾竹笼，望着沿路嫩草，瞠铜锣大眼，流丝线口水。

男丁扶犁吆喝，锋犁翻开休眠了一冬的泥土，催醒了睡眼惺忪的青蛙、蛤蟆，以及泥鳅、黄鳝。老鹰、白鹤在天上盘旋，一个俯冲落地叼食，鸡、鸭、鹅从不同方向飞奔农田，伸长颈脖啄虫、嚼草茎。

一队黑衣人鬼影一样过来了，他们戴镶白边的大盖帽，裹绑腿着布鞋，腰间插支硬邦邦的"火烧柴蔸"。他们看见男丁，像找到了猎物，围上去按住男丁，几个人拿麻绳背捆着他的双手，推推搡搡走出田埂。水牛低头呆立，拱起屁股射出一泡尿来。

男丁没了踪影，鬼知道他为什么要被抓去哪里干什么。村子少了一个男丁，田土就这么荒芜吗？

村庄的男丁不止他一个，黑衣人也不可能天天来这里。来了又怎么样？另一个弓背莳田的男丁自说自话。

他天生左撇子，右手捻秧左手插，不用牵绳，莳下的秧苗横竖匀称，是村里的莳田能手，一群后生比试莳田速度，他打趣说，我用左手就莳得赢你们。不过，从那个插秋秧的季节开始，他就闭嘴不语了，自我安慰起来，莳田莳得慢就慢呗，慢了又不要抓得去过刀山下火海。说这话时，他的心已在滴血。

左撇子的祖上只传下他一根独苗，媳妇面还没见过。春天里，他远远看见那个男丁被抓了壮丁，丢了犁耙撒腿跳上田坎，转个手臂弯就逃遁了。他说，我生死都要守在家里，绝不能被他们抓去白白送死而断送了祖上香火。守与不守由得了他自作主张吗？那就赌一把！史书上不是有"壮士断腕"之说吗，他横下一条心，来了个"壮士剁指"。他举起了柴刀，口咬着棍子，狠力剁下自己大半截右食指，他一把眼泪一把鼻涕，忍着剧痛，用烟丝、纱布包扎了残指。落地的那半截指头，被汪汪直叫的公狗啃碎吞到了肚子里。

左撇子躲进山洞，养好了伤才回家。可是，他这种自残手段还是生了"癞痢"，"泥菩萨过河——自身难保"，逃脱不了如前面那个男丁的厄运。他是在那个傍晚莳完田，走在回家路上撞见黑衣人被逮走的。黑衣人说，你使不了枪，可以给长官牵马挑担。

三年后，左撇子捡回了一条命，人却呆头呆脑、耳聋背驼了。老家人凑在一起闲聊，无意间涉及他的"白"事话题，他的反应比谁都灵敏，赶紧解释说："我是一名逃兵，你们晓得吗？"

二

日子一天天过，村子里有一个叫"大肚皮"的人，依仗权势独霸一方，雇用了一批当牛做马使唤的长工，占领着老家田土。他收买了黑衣人，借着他这棵"大树下乘凉"的长工，能躲过被抓壮丁这一劫。

一对长工夫妻，在"大肚皮"家茅厕里生了崽子。"大肚皮"老婆肚子里也产出了一个，却是没"把子"的妹哩，妹哩脸上长了块巴掌大的胎记，"大肚皮"不敢声张，有苦也只能往肚里咽，干脆给了长工妻子喂奶。一个青黄瓜瘦的女长工，一下子要同时喂两个孩子奶，哪能吃得消？她喂了崽子三个月就断奶了，妹哩到了三岁还不情愿断奶。

同龄的崽子和妹哩，在割禾收谷的日子一起相处。

临近收割的稻田，早被飞蛾、蜘蛛、钻心虫、卷叶虫统治着，萎靡不振的稻秆，白串掩盖黄穗，像营养不良的毛头孩，麻雀、大老鼠甚至黄鼠狼可不管你三七二十一，闯进田里大肆"掠夺"。"大肚皮"气得半死，一时也拿不出治理天然"灾害"的办法，只好冲长工吼叫："快给我把谷子收回来!"

长工夫妻老老实实地下田忙活,摁禾扎、抨稻粒、洗谷斗、挑箩担,样样利索。崽子和妹哩也跟在他们屁股后面,去田里自由玩耍。田里有什么好玩的?你或许不知道,拨禾苑、打泥战、捉泥鳅、搜老蟹之类的挺有乐趣。往泥窝里一掏,或往洞穴中灌些水,要么泥鳅钻出来滑溜溜地打滚,要么老蟹冒出来张牙舞爪地乱爬。

妹哩发现禾苗堆里蜷缩着一团像黄鳝的东西,背部一条带花纹的黑白斑,鼓起腮子吐出尖舌头,发出呼呼响声。她觉得新奇,用一扎稻秆逗它,崽子眼尖,惊呼:"眼镜蛇!"掷了一把稻草过去击中了蛇,救了妹哩一命。

崽子头一年就认识了眼镜蛇。当时,他脑袋上起了疖子,身上生了痱子,长工捕了一条眼镜蛇,煨了蛇汤,他喝了几顿后疖子和痱子全消了。崽子帮长工割蛇肉时,长工跟他说了一些蛇的事情,他记忆犹新。

长工夫妻抱回从昏迷中醒来的妹哩,"大肚皮"把崽子和妹哩捉的泥鳅、老蟹全部给了他们作为奖赏。长工皱眉,我家哪有油盐来做这样的荤菜啊。别提油盐,长工家一年到头,连吃粥都上顿不接下顿,他按过手印的借谷条,"大肚皮"家里不知锁着多少呢。

某个年月,"大肚皮"嗅到了一些风声,预感到大难临头,像热窝上的蚂蚁惊惶失措。果真,没多久,他家的房屋、财产、田土全部充了公。有一天,长工在田边的肥皂树下见到了"大肚皮",他的脖子上套了一根粗麻大绳,已没有了呼吸——"大肚皮"自尽了。

长工做了大集体社员,分得了田土,过上了安乐生活。崽子和妹哩以兄妹相称,妹哩成年后胎记也消除了,长得匀称标致,可因家庭成分问题,婚姻受挫,"一朵鲜花插在牛粪上"。长工夫妻相继过世,妹哩哭成泪人,披麻戴孝,跪地疾呼:"爸啊、妈啊……"

三

老家村头大榕树下，吊了一口铜铸的空心大钟，生产队长负责去敲，钟声沉闷、生硬。村人像出窝的鸡群，肩扛或手提农具下地，"春以力耕，夏以锄耘，秋以收敛，冬以修渠"。

村人根据田土地势不同划分出水田、旱地，沿着高坎田向低洼地开挖出渠道，垒起堤坝，筑起蓄水塘。立春后，村人开始翻耕，趁着雨天耕种，让种子渗入泥土膨胀发芽，杂草腐烂变成肥料。东边种水稻、大豆，西边种花生、芋头，北边种西瓜、茄子、辣椒、黄瓜。各类植物有条不紊地按程序开花结果，盼着村人下地收取，村人遵守田地里的次序满载而归。收获后的庄稼，被装进仓和缸，每家每户的门窗，都会散发出新鲜香味。

村人劳作姿势优美。比如田里锄草，他们队列整齐，左腾右挪，发现一根杂草也看不顺眼，侧转腰身，点点锄头背，轻轻钩拢来，泥土一粘，杂草就捉迷藏似的全隐身了。又比如挑粪施肥，他们不是那种被压得弯腰曲背的狗熊模样，也不是龇牙咧嘴的脸部表情，而是带着一丝从容的笑意。他们的步伐不紧不慢，轻闲飘逸，胳膊摆动像摇晃板，满桶水粪却一点儿也不会溢出来。

某个时点，村人到田地里，实际上没多少活干，他们把锄头或铁锹横在地上当凳坐，其中一个男的递出烟，有几个人就几个人分享。他们把烟丝放在纸上，卷成喇叭筒状，舔点儿口水，划根火柴，深吸几口，扯上几句。有什么可扯的呢，也就是天气好不好之类不相干的闲话，说些种子、肥料和收成的正经事，偶尔也说女人，同抽烟一样提提神、调调劲。吸完一支烟后，他们抬起头，朝四周田里望着，眼神漫不经心，没有目标。他们就这么坐着，没有时间限制，想坐多久就坐多久。然后，他们站起来，随便走进相邻的地里，兜个不小的圈子，时间花去了大半。

他们还是不急不慌地干活,蹲下身子拔拔草,给被风吹松动了根的庄稼培培土。到收工的时候,收拾农具就回家了。

龙角仔是片西瓜田,西瓜成熟时节,村人在空地上临时搭个简陋的草棚——用四根树枝支起架子,上面盖上茅草,四面透风,很凉快。草棚做什么用?一个叫"大鼻孔"的光棍看守西瓜,兼顾做些零活。

白天,他背着喷雾器在瓜地里杀虫子,无论害虫益虫,一个不留地杀死或是赶跑。晚上,他扇着扇子驱赶蚊子,脸对着月亮和星星偷笑。他在棚里放了个炉灶,拾些树皮、松毛生火,在地里摘几把青菜清炒,甚至连手也不洗,就动筷子吃饭。他备了壶米烧酒,慢悠悠地品酒,斯文地夹菜,喝半碗酒下去,走起路来像扶犁头铲,一副似醉非醉的样子。饭后,他翘起二郎腿,哼几句小调,往长烟斗里拧一把烟丝,烟火像萤火虫那样一闪一灭。间或有孩子跑来戏他,他却不介意,还给小孩讲故事,"暗摸摸,老鼠多,莫咬我,咬哥哥"讲得最多。小孩子听腻了,他却像入了迷一样,成群的鸟儿在地里啄食西瓜,他也懒得管。

鸟儿们在田头不远的枝头停息,仿佛对"大鼻孔"的行踪了如指掌,有意跟他作对,趁他不注意,悄悄地从一个不易察觉的角度飞抵西瓜地,飞快地啄食,用一只眼偷窥他,他的草帽稍动一下,它们立即遁去。

虫子失鸣了,鸟儿飞走了,西瓜地里显得格外冷清,不知"大鼻孔"会不会感到孤独,会不会害怕。

四

农村土地承包责任制时,我家人均分到了一亩田地,尽管东一块西一块,但每一块东南西北紧邻谁家,都有明显界线,在村里的田亩总册上都标记得一清二楚,哪些地方是庄稼领地,哪些地方是草木家园,也一目了然地区分。村人上缴农业税和统筹提留款,就是依照田亩数来计算的,一点儿假都造不了。

我家分得的田亩数最大的一丘有二亩在大丘地段,它后连堂叔的一块田,两家共一条田坎,左边靠一口池塘,一条小路穿过,右边一条圳沟环绕着,是块旱涝保收的良田,父母亲年年轮流种水稻、甘蔗、西瓜、花生,没有一样不丰产。家里全靠收成填补贫乏的窟窿。

禾场限口那块高坎田,踏下脚就是一口做灌溉用的大水塘,而它近水楼台得不了月,有点"看着干鱼吃净饭"的缺陷。下游的大丘、坳丘那一大片田土,就是靠这口塘蓄的水灌溉。最早,后祖母打理种了蔬菜,各季蔬菜吃不完,就挑到圩上去卖。后祖父过世后埋在那里,在一个不起眼的角落里堆了坟墓。后祖母晚于后祖父二十四年过世,埋在叫石河背的地里,我至今也想不通他们为何不合葬。

父亲在禾场限口种了一片柑橘树,但四周都是高高低低的树木,遮挡了阳光,柑橘树嫩水,光疯长叶片,挂不上几个果子,没几年父亲砍掉了柑橘树,全部换种了杉树。它的上方是块公共禾场,父亲在禾场边上建了个小屋,方便存放收割回来的湿水谷和堆放杂物。

猪牯湾也类似于禾场限口"高处不胜寒",包产到户头几年,来自上迳水库的水源,沿途渠道一路畅通,可统管到方圆二十多公里的农田。渠道水的一条支流流经猪牯湾,但这地方土质差,莳了几年禾产量都不高。有些人私自乱开矿的那几年,矿山流下的淤泥造成水土严重流失,堵塞了渠道,切断了水源,天旱时裂成了"爆米花"。父亲在田里种上了耐旱作物,大量施用农家肥,改良土壤结构。搞果业开发那阵子,父亲在这块田土里挖了池子蓄雨水,种上了一株株脐橙树,围起篱笆成了果园。父亲在果园一角弄了一座"风水地",它的前面正对着远方的笔架山,后面是一大片青山,松林茂密。果园的进口处是一条水泥路,可开进大车,通往里面好多个屋场。

宽阔、平整的圳坎上,离老家较远,靠近另一个屋场,邻村一户人家找父亲商量,将这块田土转让给他盖房子。农村有句俗话:"卖田卖土等于卖掉老祖。"父亲一口回绝了他,把它改做了鱼塘,放养了草鱼、鲤鱼等家鱼。而分给我家的喇叭丘田亩数,是东切一块西割一块边角料散田拼凑的,父亲为了方便一位至亲连片耕作,名义上说租给他,实际上不收他一分钱租金。

兰塘尾同夏首一样,是后祖父开垦的自留地,与村里小学搞勤工建学时开发的田地隔一条田埂。后祖父过世后,空了几年没种庄稼,被学校捡了起来种植。后来,父亲在村里的田亩册上看到这亩地备注了使用权人是后祖父,与学校争议了一番,经村委会出面得到合理解决。

父亲额头上的皱纹就像田土,浓缩进许多苦乐年华。我对父亲交公购粮的情景印象很深。他收拢晒场上的稻谷,随意抽一把,牙齿一碰,听见"嗒"的一声,谷子彻底晒干了。他把谷子装进麻袋,不是挑回家里的粮仓,而是推着独轮手车送往粮管所。父亲揣着公购粮票交给村委会,公粮票给村里记账,作为交税凭证,购粮票留在村里统一结账。夏粮入库扫尾清理时,父亲领到的是一叠购粮款抵了村里统筹提留款的收据,此外就是剩余的纯利了。

村子里难免有几户"顽固分子"不交统筹提留款,村里干部走了几趟,得到的回应是"我们老表有事找你们处理,打鸟不见你们的面",并三下五去二地罗列了一大堆棘手事出来。村干部睁大了眼睛,"道理讲不清,讲清了发神经",就来蛮的动粗的,一齐冲上楼去,见谷子挑谷子,见豆子搬豆子,见花生油倒花生油……

村子里有几户五保户、残疾人特困户,乡村干部连瞧都不瞧这些人家一眼,因为年终上面分配的救济款都从他们手上过,他们大笔一挥、假账一做,神不知鬼不觉。临近春节,他们去这些人家圆场:"你们种了公家的田,交不起税,我们理解,有关部门发不出款来救济你们,你们也要体谅。"

上面派了工作组驻村后，整顿基层工作作风，查处贪腐分子，干群关系才好转起来。

我离开老家二十多年，户口性质发生了改变，但年少时分得的一份责任田依然保留着。其他外出打工、搬了家的后生们，也同样保留着原先的那份责任田。父亲领到第一笔农田补助款时，对我说："你的那份没少。"

村颜已改，真实未变。

一个人的红色地标

一

吊钟岭是凝定的寂静。很长一段时间，我找寻种种理由触及它，或许缺少某些发现，总看不透它出众的履痕。我不愿刻意包装它，使它失却本真进入公众视野。一切随缘。然则，一场偶然抑或必然的相遇，我觉悟到了它某个年头发生的某些事，植立起一种信念和精神的丰赡意向，这无形之中让我为之动容并自觉追远。

有关吊钟岭的故旧往事，奶奶讲过许多，我记得滚瓜烂熟。那年春上，一支队伍穿坑道，过土埂，行经枫林间、庵上边、社官前，日夜兼程，渡桃水河……

昨日已逝，青山依在。

吊钟岭作为信丰县的一个红色地标，隐逸在时光底部不动声色，定格于大山深处意味深长。我循着朝霞夕阳的容光，设法追寻它的内在本源。

那我就先从我最初的记忆开始触摸它吧。

据说,一个人十一二岁以前的记忆力最好,记住的东西往往永久不忘。我认同这个逻辑。譬如,我左小腿内侧的"狗牙齿"伤痕,是我六岁时被一只哺乳母狗咬了一口留下的。印象中,那年夏天的午后,我去屋场一人家,瞧见左门边"青龙"洞口躺着夹着尾巴的母狗,三只狗崽偎依在它胸前,我抱起一只小狗崽逗乐,谁知还未来得及抱稳,母狗便张开嘴用锋利的牙齿猛咬过来,我的小腿皮开肉绽血流不止,我大声哭叫。至亲大伯揉团卷烟丝,往我的伤口处一堵,又搓把喂猪的涮泥敷住烟丝。父亲带我去了大队卫生所,那时乡下根本没有狂犬疫苗和血清之类的药物,赤脚医生拿了一把钢镊子,夹着沾了酒精的棉团给我擦洗伤口,然后抓住我的手做皮试,过后父亲按住我的臀部,让医生注射了一针青霉素药水解决问题。

进入寒冬,家家户户几乎闭门不出。父亲在房间缝纫衣服,母亲在大厅纳鞋底,屋中烧了一盆通红的木炭火用来取暖,穿着开裆毛裤的我坐在矮凳子上,趁母亲不留意,整个人踩上火盆四方木架角上玩"过桥",火盆往我重心这边倾斜,我顺势落进火盆兜里,火星四射的火屎炭黏着我的屁股烫烧。母亲一时惊慌,急忙端盆井水往我身上一泼,我屁股上红肿的水疱霎时脱下一大层皮。之后,发炎、化脓,那种火辣辣的疼痛折磨了我整整一冬。奶奶花了最多时间陪护我。那段时日,奶奶每天都给我讲吊钟岭的"前世今生",我听得入迷,竟然忘却了伤痛。

关于爷爷的生平,奶奶有时边干农活边自我呓语;有时望着天空、月亮、星星静静默念;有时坐在门槛上、靠在床板上阵阵唠叨;有时拍赶着蚊子、苍蝇发泄一通。总之,她反复地讲述,不断地叨念,年复一年,一直到她过世前还没完没了。

父亲呢,间或也趁着酒兴正浓时与母亲说吊钟岭,茶余饭后也少不了跟他人聊起我的祖辈在吊钟岭这样那样的经历。久而久之，"吊钟岭"像电流一样导入我的身体，我打出的每一声喷嚏，冥冥之中都牵涉到它，它刺激了我强烈的表达欲望以及深思。

起初，我从字面上理解吊钟岭，认为它应该跟吊钟花靠得近。后来，我访问了许多人，问他们吊钟岭长不长吊钟花，他们都摇头摆手。我不甘心，查阅了好些资料，吊钟花终究与它隔着十万八千里。周边山岭亦然。不过，传说那里的天籁之音穿山起落，越岭回荡，倒是跟钟铃浑然天成，这也挨上了"倒挂金钟"之名的边，于是有了"倒钟岭"的初始之名。在它磅塝的山脚下，树荫清源，莲花掩溪，某时出现了一座占地半亩的寺庙，当地人称为金莲山，院前吊一口喇叭形大铜钟，无形之中与"倒钟岭"产生了绝妙的呼应。对于押韵的"倒"和"吊"，分为上、中、下三堡的安西方言，说"吊"比"倒"顺口，自然"倒钟岭"就转化成"吊钟岭"。安西人叫金莲山不叫金莲山，上堡人叫它"庵上"，中、下堡人则叫它"庵高"。如此，庵的释义排除了"尼姑的住所"，毫无疑义是指"小庙宇"，"上"和"高"在安西土话中所表达的意思是一样的。

二

远道的行人去吊钟岭，若从古陂、新田经金盆山大公桥山道进来，或沿安西桐梓岗翻上迳铁针寨小径过去，遇见知晓它的人问路，定会得到准确回答，抑或直观地补充一句，看见枫树林就快到了。

吊钟岭的枫树确实多得古怪，这种大众树种，眼睛一瞅就认得出来。沟壑两岸，依山傍岩，漫山生长的红黄两种枫树，高高低低丛生，枝柯交错，或伸手可触，或直耸云天，亦掩亦覆，若映若影。平常的日子，枫树沐浴着阳光、吮吸着泥土的新鲜气息，色彩随着季节变换，相互感应，也相互传染。春夏的时候，满山浅绿、墨绿、深绿……郁郁葱葱。

秋冬时节，山上先是绿里泛出浅红或嫩黄，后来便万山红遍，半山瑟瑟，一山如洗，如画家手中的调色板用完了颜料……这边透到梧桐岗下，那边透到黄山坑，而离开庵上的山头地角，沿途都难见到枫树繁茂的影子。

枫树与庵上，像一组贴在吊钟岭的标记，给人留下的印象大抵是深刻的。远去广东梅州、福建长汀挑肩担谋生计的，就近进山砍柴割草打猎的，相向而行赴圩（东面石背圩、西面安西圩）游荡的，无论有求也好无事也罢，都会主动进庵上，行个"打声招呼报个到"的礼节，这里头囊括着说不清、道不明的人生世态与爱恨情仇。

吊钟岭何时开始有人踽踽而行？是诗经年代、唐诗盛时，还是宋词岁月？没人知道。民间这样流传，不知具体时日，不谙因何缘由，不晓是甚战事，有位将军率着十几里路长的队伍，半夜行进吊钟岭山道，月黑树高，人影绰绰，战马萧萧，将军传令就地宿营休憩，天微亮起兵继续征程，一路太平无事。后来，一个扎过营的山头被叫作海螺寨，这方圆十几里地盘传下了"太平"的吉祥村名。时光久远，史事难考，"太平"护佑下的村人却真切地辈辈繁衍。

某年初秋，我的爷爷带着奶奶从会昌辗转来到庵上落脚。他们扑朔迷离的经历令我百思不得其解，促使我拨云开雾，追寻到底。

三

庵上路旁拐弯处的那棵大枫树，主干粗壮如桶，枝条弯扭有形，释透出百样亲昵。它有多大年纪？父亲说他小时看见它就是那个样子。枫树前堆砌了土砖和青瓦，瓦面挂了红布，造型像简陋的房屋壳子，这是被赣南客家人敬称的"社官"。先前，走过路过的人遇见"社官"，都要停歇一番拜三拜，祝愿自己一路平安顺利。我见到这棵"社官"树时，它只剩下一处腐朽的枯干树墩,边上新生了一棵小枫树,有些细青的蔓藤环绕着它,破瓦残砖前长满青苔。

离"社官"树将近十丈远的坡地,也就是庵上围拢篱笆门亭的南墙根下,冷不丁地长出了一棵学名叫紫薇的树,当地人叫它"挠痒痒树"。拿手指轻轻一拍它的枝干,或用手掌轻轻一挠它的树皮,整棵树就会不停地颤抖,像一个怕痒的人被触及腋窝发起惊来。随之,像蚊子一样的紫蓝色痒痒花纷纷飘落地面,许多情趣尽在"痒痒洒洒"中。据资料记载,紫薇除了叫"挠痒痒树",又叫百日红、无皮树,树干上部重下部轻,有别于其他树干下粗上细,这就决定了它对摩擦振动容易敏感,传导到枝干更多部位而产生摆动摇晃。专家考证,它的寿命可长达五百至一千年。爷爷对中草药治病有一套拿手秘方,在这棵痒痒树上剥些树皮、挖点树根、摘几片叶及花,配制成治咯血、吐血、便血的煎剂、强泻剂,应了十里八乡病人的急。爷爷过世后,"挠痒痒树"被人砍去做了农具、家具用材。

庵脚下有片荒地,开垦出了梯形模样的农田,从20世纪50年代颁发的土地使用权证中,我看到户主是爷爷,他名下有8亩多地。奶奶说,大多田地种水稻,兼种花生、豆子和蔬菜。庵上比山外头的气温偏冷,播种农作物,总要迟上十天半个月,比如,外头人一般从惊蛰开始下早稻种,而爷爷要等到临近清明才下种。不过,外头人的种子在催芽期间,爷爷就着手拉犁做秧垅、整稻田。他卷起宽头裤脚赤脚下田,腰间系根扎结的长麻绳,攀过肩膀连接到犁身,弯着腰向前使劲拉犁,奶奶在后面弓起背,一手扶稳犁柄移动方向,一手按住犁梁调整犁横刀深浅。秧苗长高到四五寸,用铁铲一块块连秧带泥铲起装入粪箕,从这丘田移植到那丘田莳"铲子"。在这之前,预先要做好的功夫就是用梯子拖平稻田,推一种手车子(一根长棍底端固定套紧六个隔开的圆轮子)滚动打格子,以便对照掰插下去的禾苗整齐排直,使后续掐田、耘田时不出现岔行。

稻穗九黄十收即割禾，收割叫打斗，割禾、摁禾、打斗、出斗、挑谷、集秆、担秆、晒谷，需要由七八人组合完成一座斗。爷爷奶奶到庵上的头几年，两人包揽了一座斗的一整套活计。此后，爷爷结交了一些人，农忙合伙换伴搞收成，再就是大伯、父亲长大，多了劳动力，还养了一头黄牛耕地。

田土上边有块禾场，掺杂着泥巴细沙碎石，割禾头几天就清理出来晒谷。爷爷找个地方挖个水坑，倒进干牛屎去溶化，用长柄粪勺搅拌成稀糯糊状舀入尿桶里，然后一担一担地挑去禾场上浇灌，拿支扫帚像粉刷墙壁那样过一遍，不多时，从头到尾干燥板结的禾场面皮就光滑得像涂上了一层油蜡。晒绿豆、黄豆、芝麻这些农副产品，会在禾场上垫上竹褡，待到日头落山卷拢竹褡完事。

禾场坎高，流下一股溪水四季不涸，爷爷砌了一排石块和草皮，筑成一道拦水小坝，盖了一个杉皮茅草棚，装上一座简易的水碓。一溜木桩托起一条破开的竹水槽，伸出尺把长，急流冲击水轮，拨动碓公一端，碓公顺势提起和落下，装了六面钉子的碓嘴打下去，撞落在碓臼底部中央，一个斗子踏一下，发出有节奏的"依呀——咚"的响声。爷爷不是利用水碓来踏谷子，而是用它来踏槁蔸。爷爷先把槁蔸切成片晒干，碾碎成带黏性的粉屑做庙香。捆成一扎一扎，每扎约30支（新中国成立后，我奶奶走村串户卖香。70年代末80年代初，2毛钱一扎）。水碓"依呀——咚"的声音，大老远就能听到，一年到头都不停歇。

爷爷用推砻的方式，脱去谷壳制出糙米。这座木砻连同用来磨浆做豆腐的石磨放置在庵上右侧厢房，它呈"直咕隆东"形，里层是垒结实的黄土，上下两节钉上一圈圈可以磨合的枥木砻钉，上方按砻手套砻钩，下方按砻脚稳固砻身。爷爷顺时针推转砻盘，奶奶往砻槽里加谷子，摇动风车吹净谷壳，筛糠装箔篮，糙米入箩筐。推砻这种活，除了夏收时节干干，平常大都处于停摆状态，因为贫苦人家产谷少。有段民谣这样诉说由推砻体验出来的甘苦："推砻叽喳呱，三斗米四斗糠，喂得人畜健健康。收割禾米有吃，荒时老月冇吃，向着壁背出眼涕。"他们遂去到寺庙祈祷上苍保佑，赐福安康。庵上成了他们的去处之一。这些民间信仰，流传于各个年代，形式多样。人们多以"信则灵，不信则已"的心态看待。

庵上孤零零的，坐东朝西，土墙瓦房，正房摆了张长台，上面放一个陶瓷香炉，主厅盖了隔层楼，搭了木板楼梯。两边副厅隔了一道屏风，右边是爷爷的睡房，左边是奶奶的睡房，前面都开了一扇窗户。正房两侧有两间偏房，右边为磨房、厨房和一眼不甚阔深的水井，左边为伯伯、父亲的睡房，连着一间牛栏。

后来，长台烧光了，香炉砸烂了，房子也拆掉了，剩下一堆废墟。

庵上早已没了踪影，但它的历史永不磨灭。

四

而今的吊钟岭，像一块被发现的玉镜，正被人们惊喜地解读。

一条似飞龙的蜿山水泥公路，环绕上迳水库一侧通往吊钟岭，围合成形如弯月的半开敞空间，吊钟岭的山溪流入库区，"仙人一脚稳陂头"的传说贯穿古今：某日一个神仙下凡到吊钟岭，听闻岭脚下的陂头每到涨潮时节，山洪汹涌，冲垮陂头，淹没农田，庄稼颗粒无收。神仙走到陂头前，持拐杖下力点击石板，双脚猛踩地面，陂头立马稳固了，从此再没倒塌，还引来"老狮喷水"水源，形成一条河道通往桃江。实际上，上迳水库于1965年兴修，河水宽阔而清澈，库容量1.1万多立方米，灌溉方圆20公里16个村组的2600亩农田。后来，建了两座电站和自来水厂，供安西上堡沿线的太平、上迳、兰塘、桐梓、大星、圩上居民生活用电用水。上迳河与发源于老芫山的崇墩河汇合于安西圩向北直下,与发源于鸣锣坑的窑岗河汇集成安西河,流经坪石于龙虎口注入桃江。

库区那座瓦桥保留着原样,水浅时可见其裸露一部分出来,墩高、墩下、山头峰、河背、稳陂、大屋屋场村民,移至吊钟岭四周立基,譬如坝首下方的禾树山,庵上西南部的大坑,清一色的曾姓男丁都有着相同的宗族。若从水库溢洪道乘船去吊钟岭,船夫会热情地上前扶客上船坐稳,每人发一件救生衣,而他却用不着,因为每个船夫从小就学会了游泳、划船,熟悉水流变化及河道深浅,无论是碧波还是涨潮,只要观其水纹就知航行,从而平安驾船过河进山。

对于村庄的诉说,近年来大多与凋敝、衰退相关,但吊钟岭一带并非那样,它作为阮啸仙烈士的牺牲地,青山埋忠骨,碧水颂英灵,每年清明时节,众多群众举行祭典活动,缅怀革命先烈。如今信丰已被列入省级赣南脐橙特色小镇,吊钟岭一带已被划为"小镇"建设的延伸区,如此,先前茂密的枫树林戴上了"果树帽",种上了桃树、李树、枣树、柚树、柑橘树、脐橙树,片连片、园连园,被称为"百果示范园"。当地村民存续传统农耕文明样态,重新激活新的密钥,将破旧的老房子翻新成多功能的民宿,把闲置的木棚打扮成时尚的茶坊,将简陋的柴草间装修成亮堂的会客中心……一波波外来者的怡情笑意,透彻了吊钟岭的四季光环。

吊钟岭的枫树年复一年地等待着,仿佛成了另一种静静的守望。

血脉相承

某些家事老去了,但它没有淡出我的视线。我试图搜寻它,像族谱一样翻晒出来。

在我的直觉当中,后奶奶与村里其他妇女明显不同。她没有生过儿女,按理说她做不了奶奶。我尚未出生时,父亲过继到她的名下,她是我奶奶自然顺理成章。

她甚至没有直系亲戚,据说她是后爷爷年轻时外出打肩担歇脚某地,从某个场所带回来的。后奶奶从没提及她的娘家在哪里,后爷爷不惑之年得痨病过世了,这样更无从打探后奶奶的确切身世。或许,她真的就是一个从小被遗弃而沦落的孤女。

翻开我家的户口本,标明后奶奶的姓名是蓝聪秀,我们这个四十多户人家的屋场,她是唯一的畲族子民。而我们村子的河对岸却居住着七八户蓝姓畲民,这方圆百里之内,恐怕再也找不着第二个蓝氏家族了。后奶奶在这个蓝氏家族中,排得上字辈,论辈分叫她"姑奶""姑太"的家家都有。去外面赶集、上山砍柴遇见,他们跟后奶奶打招呼,会同她的名字组合起来叫"聪秀姑奶"或"聪秀姑太",热情而认真。后奶奶珍视这份礼节,虽然听着有些疏远,心里却感觉亲切。

村子里有几个类似后奶奶那样情形的妇道人家,善于整合资源认亲结故,有结交"同年"的,以姐妹相称走拢一块,有认干爹、干妈或干女儿的,攀起了亲戚。逢年过节礼尚往来,遇到难处捎话出去,都跟一窝蜂似的过来解急,比同根生的还亲。后来我想,当初倘若后奶奶认河对岸某个人家为亲,我母亲的姐姐(我极不情愿称她为姨娘),即使给她十个豹子胆,她也不敢天长日久在奶奶面前撒癫卖傻。

她是母亲同父异母的姐姐,年长母亲二十岁,先嫁到我们这个村子。我父母的结合是她做的媒。她家隔我家的土房子仅两个排头,当初我们两家相处挺顺。姨父老实巴交,我家四季的繁重农活,做犁耙、踩打谷机等,他几乎包揽了。到了收工的时候,奶奶会到田里帮他牵牛、扛滚心,回来又做好饭备好酒。我们两家田连田、土靠土,谁家的禾田缺水,后奶奶见到都帮着开沟引进去,谁家的菜地少肥,后奶奶都顺带挑水粪去浇。

那年春天,姨娘得了皮肤病,脸上青一块紫一块的,长相变得丑陋起来,看了好长时间医生都未治愈。有一天夜里,她同姨父吵了一个通宵。后来,她反复无常地吵吵闹闹,把自己关在房间里哭哭唱唱、手舞足蹈,还撕破自己的衣服和裤子。大家都说她得了怪病心埋自卑、精神压抑,有精神分裂症。她病情发作,时间一长,还溜进邻居家里砸东西、拉大便。次数多了,邻居瞄到她要进门,就拿木棍赶她。每次遭到别人家防卫,她就把发泄目标转移到我家。

平时,她来我家串门,后奶奶总是把她当上客招待。有回中午,我家锁了大门,她用锄头砸开门,摔了碗、砸了锅。碍于她和母亲的姐妹情面,后奶奶只好重新添置。过后,后奶奶还端着煮香的鱼肉去看她。她见后奶奶进屋,眼睛瞪得血红血红,破口大骂后奶奶,那些恶毒话简直不堪入耳。

她那疯癫的样子恨不得把后奶奶整个人吞进肚里，还振振有词、指手画脚。后奶奶惊呆了，端着的鱼碗"哐"的一声掉到地上碎了，抹了一把眼泪转身离去。

自那以后，疯癫姨娘每个月都有五六次闹事，每次都用同样的话骂后奶奶。后奶奶有意把我拉走躲开，不让我听见她胡言乱语。过后，后奶奶对我说："孩子，不要被她吓着，她不疯的时候就会过去了，她是妈妈的姐姐，你的姨娘，我们家的亲戚！"她病情稳定的时候，又会找个借口上门嘻嘻哈哈讨好后奶奶，向后奶奶赔礼道歉。后奶奶无奈地叹着长气，心里是钻骨的痛。

有一次，我放学回来，看到大门被疯癫姨娘砸烂，木板丢在地上横七竖八的，后奶奶不见了。我们以为她气怒想不开寻短见了，四处寻找，可河边、寺庙、茅棚各个角落都不见她的踪影。天黑时分，我在后山的后爷爷坟墓旁看到了后奶奶，她跪坐黄土堆前，神情木然，脸色苍白，双手托腮喃喃自语，她的双眼哭肿了，山风吹起，她单薄的身体显得那样瘦弱。我扶起后奶奶，抓紧她的手，她的手指凉飕飕的，掌心却是热乎乎的。我陪着后奶奶痛哭了好久。如果我的哭声能为后奶奶抚平哪怕是一丝一毫的心灵伤痛，我也情愿陪伴她一直哭下去。

后奶奶失踪的消息风一般传到了河对岸，蓝氏家族的老人敲响铜锣全部出动，赶来问究竟。为首的族长带了一群人直奔疯癫姨娘家，把她拖出来，猛拍桌子："你再敢闹我们家族的人，我们揍你！……"吓得疯癫姨娘瘫倒在桌底下直打哆嗦。

后奶奶人缘好，长相端庄。她五十五岁时拍的照片，额头宽大饱满，脸上少有皱纹，皮肤白净，身材匀称。可以想象得出，她年轻时一定是漂亮的，漂亮的女人难免风流韵事缠身。

后奶奶身子硬朗，过世前没有一点儿征兆，谁也没听见"懵懂鸟"掠过夜空凄叫的预报（据说，如果村庄有人即将过世，这种鸟会连续多日在深夜的上空旋转几圈，发出毛骨悚然的叫声）。那是1992年中秋，后奶奶没有像以往的初一、十五那样早起，烧开水，捞斋饭，泡三杯清茶，装三碗果品，点三品香烛，去祠堂里叩拜祈祷。大清早，我们推开后奶奶的房门，发现她在房间里永远地合上了眼睛。她不在床上，而是靠坐在床边的椅子上，如疲倦熟睡的样子，显得寂静、安详。后奶奶没有留机会给我们为她送终，我们把她抬上床，为她清洗身子、换上寿衣，长跪在地，烧了大叠大叠的纸钱，然后在各个三岔路口插竹竿系上白幡布条。

老太太过世，后辈要在第一时间写好白帖，向娘家亲戚报丧。虽然娘家嘴上搪塞"嫁出去的女，泼出去的水"，但始终担心的是"女人八十八，不知灵牌哪里插"。而老妇在夫家寿终正寝，等于找到了归宿。如此，亡妇的灵魂得以告慰，娘家的人感到颜面光彩。可是，后奶奶的娘家在哪？帖子送不出去，全家人一时不知所措。

疯癫姨娘不知什么时候"喔喔喔"的擦着眼泪进了屋子。她不发癫的时候，我们全家还是尊重她的。她以母亲姐姐的身份说："婆婆的白帖，可以送到河对岸去试试！"疯癫姨娘的话一说出口，我们觉得她脱胎换骨成另一个人了。

河对岸的族长以庄重的仪式接受了我和父亲送去的白帖，以杀雄鸡祭祖宗、煮粉丝荷包蛋的习俗把我们请进家门。我们农村某家有人过世，家人在七七四十九天内是不能随便踏进别人家门槛的，除非是嫡亲关系才不去计较。后奶奶入土安葬那天，河对岸每家来了一个代表，穿斋服，扎头巾，排成长队，为她戴孝送葬。

上祖牌时，我们全家跪在草席上，身披红布，面对牌坊。打响鞭炮后，吹奏唢呐，鼓乐声声，悠长高亢，礼生戴礼帽、着长衫，在石碑上刻写了"蓝聪秀，出生于河对岸"字样。

往后呢，我们屋场多起了河对岸的媳妇，河对岸也多起了我们屋场的媳妇。

有些收成珍藏着

一

父亲少年时考上了一所林校,却不知何故中止学业,回家拜一位裁缝师傅学艺,外号叫"长古仔"。

那时民间拜师学艺,徒弟家先得办几桌像样的拜师宴,送56元拜师红包,每个月自带40斤稻谷,才可入师傅家的门槛,学艺得满3年,熬到出师之日,再办更为隆重的谢师宴,师傅和他的同门师兄弟都来庆贺。散席时,每人发一个红包,每个不低于2.6元。一套学艺过程下来,比现在培养一个大学生出头的花样还繁多。

父亲初入师门特殊不起,只管天天重复着量尺寸、剪线头、缝扣眼、烫角边的简单基础活,练上一年,师傅才挤牙膏一样一步步地传授踩车缝制、裁剪的秘诀。平时,师傅的家务事是父亲必不可少的功课,大清早起来扫净地、烧开水、备好面帕,等师傅起床,接着淘米切菜做饭,吃饭时三下五去二地比师傅先放碗筷，过后按照师傅的吩咐让做什么就做什么。师傅家的农活，像莳田插秧、割禾收谷、犁田耙地，一年四季父亲无一不包。逢年过节，少不了剁上两斤猪肉或网上两条鱼，再搭上几斤水果、几瓶白酒敬师傅。父亲从头到尾忠诚守规矩，做事利索，深得师傅的信任和器重，出师前他把一手绝活毫无保留地传授给了父亲。

父亲拥有了一个就业谋生的饭碗，深谙"一日为师终身为父"的训理，知晓日后要感恩，以后每到端午、中秋、春节三个重要节日，都要亲自提着鱼肉、鸡鸭、糖饼之类的礼品去拜见师傅，这礼节一直到师傅过世也没间断过。师傅过世时，父亲哭肿了眼睛，像他的孩子一样给他戴孝送葬。

父亲自己独立门户后，先是置了一台缝纫机。那时买一台缝纫机如同在食品站排长队买肉一样难，千请万求找熟人走后门，不托人情关系是永远卡壳的。这样折腾了大半年，一位远房亲戚介绍有位师傅的旧缝纫机会脱手，父亲上山放松脂油赚了本钱，才小心翼翼抬回那部踩起来如打谷机一样轰轰响的古董一样的旧货，像得了财宝。旧缝纫机成了家里最贵重的财产。

乡下的裁缝师傅同卖货郎一样，走东家串西家，一般冬季生意火。这个季节，迎亲嫁娶的人家比较集中，迟一点打招呼的东道，一直要排到次年春季。平时零散东道偏多。农村人家谈婚论嫁，先列好叫彩礼的红单，把嫁妆摆在首要地位，一般为女方九套，岳父岳母各两套，还有蚊帐、被子、鞋袜等，男方按照清单，约女方到圩镇上选购齐全，挑一个吉利日，叫裁缝师傅挑着沉甸甸的缝纫机担子上门开工。师傅吃住在东道家，做完一家东道，得花上个把星期。

二

父亲在我呱呱落地的这个村子里，为邻家娶媳妇做嫁妆时与我母亲相好。母亲是我的后奶奶领养过来的童养媳，后爷爷中年因肺结核病去世，留下大笔药债。母亲羡慕父亲有门手艺，忠厚老实，有事没事就拿一些烂衣烂裤让父亲带回去缝补，算回工钱，父亲醉翁之意地顺手接下来，母亲则留下帮助父亲拆线缝、聊家常。后奶奶趁热打铁，托人做媒，几个月后说成了这门亲事。

在我们那个村里，人很世俗，父亲以奶奶的继子身份与母亲成婚而续下的香火，村子里视这类男人为"好男人不出门"，一般在族里地位低贱，甚至被人歧视。好在父亲有门裁缝手艺常年在外，对一些流言蜚语眼不见为净，即使听到了也无奈，当耳边风吹过。

父亲挑着缝纫机奔走四方，追寻着那些"以食为天"的东西。我和母亲在家里守候着，时光总是过得很慢。当夜色一次次降临的时候，我们把对父亲的盼望带到深夜的梦里。父亲偶尔回家，在我被煤油灯照着的梦境旁边走过，等到我一觉醒来，他的身影已经投向了那些不知名的村庄。

父亲的手艺自有一套别出心裁的风格，量体裁衣、精剪细车，是必备的常规工序。父亲把一件成品制出来后，会先让东道试穿。东道穿着如模特一样合身，竖起大拇指啧啧窃喜，父亲再一件一件地复制下去。父亲还非常注重工后服务，凡是在他手上制作的衣服、裤子，人家穿烂了，父亲给缝补一律免费。在那个贫困年代，人们缝补衣服比添做新衣的次数不知多了多少倍，父亲让他们插队"补烂优先"。久而久之，父亲的手艺和为人就像有线广播一样在十里八乡传开了。那时，人们相互攀比和虚荣的方式单调得可怜，顶多是打量对方的穿着打扮，说一声"你这套衣服真好看！"，十有八九的人还会补上一句："是长古仔给你做的吧？"

那时裁缝业和其他行业一样，要遵循不成文的工钱行规价来运作，做一件衣服七毛，裤子五毛，一天下来累花眼珠子也就完成两套成品，等于收获了十四五斤稻谷。父亲虽然长年累月凭着一手好手艺吃百家饭，但一年到头，口袋里却软瘪瘪的，装回家的总是一本用红色塑料皮套着的写满文字和数据的厚厚的记账本。本子里清清楚楚地写明：某年某月某日，张三李四做了多少套衣裤，每件单价多少，末尾处有欠账东道歪歪斜斜的签名。当时农村盛行"先打针后挂号"，就是手艺人给东道做完工，东道一般不给现钱结账，要么等到秋后粜了谷子，要么等到年尾把养的猪卖了，他们才会记起做手艺的账还没有付。

农村人家绝大多数穷得叮当响，他们的消费开支几乎"一个萝卜一个坑"，像给办婚事的人家做嫁妆，本身他们就东筹西借已经欠下一屁股的债务难翻身了，父亲给他们做嫁妆的工钱回笼，往往如马拉松赛一样漫长。父亲自我安慰："欠债还债搏长世界，命长身体壮才多吃得饭。"

人心隔层肚皮远，有些拖欠时间久了的东道，见着父亲故意绕道，父亲会远远地主动跟他打招呼，非常友好地拉家常，扯几句笑话，以避开对方的尴尬。有一次，一位欠父亲裁缝工钱六年多的村民与父亲偶遇碰鼻子了，对方的脸一阵羞红，几句简单的寒暄后，忙从口袋里掏出一些皱巴巴的分币和角币，准备点给父亲。父亲惊讶说，不翻开账本查看，一时还真的记不起来有这回事了。过后，父亲皱下眉头，让他留着用，还叫他来家里挑担谷子回去填肚子。其实，父亲知道，这个村民家有四个孩子，上有长年卧病不起的老母，妻子神经不正常，怪可怜的。最后，父亲对他说："我以前给你做衣服的那三十块工钱，全给你免了。"

一样米饭喂出百样人，有的"正牌子"或明或暗地欺压"撑门棍"。父亲明智，脑子里有数，不去计较，就是较劲了也是鸡蛋碰石头，反而招来麻烦。所以，他在给这些人认认真真地做完裁缝后，自觉地回家吃饭，免得遭别人在背后敲零敲星地侮辱，增加心灵上的负担。父亲做了工得不到益，他们还眼红父亲不务种田正业，硬要父亲向生产队交脱产税，还扣工分和减口粮。父亲强忍愤怒，还赔着笑脸向生产队长每月定期交三十元钱抵扣工分。而父亲交上去的钱，谁也不知道分摊到哪里去了，这种状况整整持续了十二年。

三

慈善的村民还是如树上的果子一样采摘不完。那年七月的一天中午，母亲在田里捆稻草，突然她抚着肚子痛得在田里打滚，大伯大婶一边把母亲抬回家，一边传口信给在邻村做嫁妆的父亲。东道见状，不由分说地挪用二十元彩礼钱预付给父亲，父亲三步并作两步跑，把母亲抱上大板车急忙送到乡里医院，一查是急性阑尾炎发作，给打了两针缓解疼痛，医生说要住院，手术可彻底消除病根，否则会复发。父亲连连点头心里却暗暗叫苦，哪够这笔住院手术费呀，父亲想"抓住机遇"，去问那些没付工钱的人还钱，但荒时老月的季节，白费口舌不说，反被误解为不信任他们，日后难做人。于是，父亲换位思考，偷偷地变卖了老上手传下的一扎银毫，给母亲继续治疗。母亲被蒙在鼓里，根本不知那次父亲交费住院的背景。

父亲的账本还与其他家庭曲折爱情的纠葛有关。有一对受媒妁之言、父母包办成婚的夫妻，还没有尝到结婚是啥滋味，第二年就闹起了离婚，离婚理由简单直露，男的嫌女的性冷淡夜生活没法过，女的厌男的太粗暴根本承受不了。法官调解无效，调查他们的债权债务时，他们把做了嫁妆的这笔费用罗列了进去。开庭那天，父亲作为当事人的债权人被通知到庭作证，父亲揣着账本，如大姑娘上轿——头一回履行了法律赋予公民依法作证的权利和义务。

年复一年，父亲的账本里一页页地记载着他的艰辛，也记载着本该属于他的责任。村里那些正统嫡系们，几家人挤在他们祖上传下来的仅有的几间房屋里，为了占据那原本就十分狭窄的空间，不顾兄弟情分，撕破脸皮争得鸡飞狗跳。父亲目睹了这些，他默默地挑着缝纫机担子，去做他生命中最值得去拼搏奋斗的一件事——盖房子。

凌晨三四点钟的时候，父亲就起床，穿着旧布鞋，踏着村民们的鼾声，去坑头山里背木料板材。他的头发里落满了山风吹起来的灰尘，汗水浸湿了他陈旧的衣服，白花花的盐粒铺在衣领和肩背之间的布面上。父亲实在太累了，就从口袋里掏出红薯干啃一口，和着口水咽下去。他把木料背回家时，天已放亮。他稍息顺气后，又踩响了缝纫机。我老家的那栋房子的木料、砖瓦，都是父亲用肩膀挑回来的。房子楼板上那十一根梁柱子，只有他才想得出那种事半功倍的运输方式：他在手推车一端绑住梁柱的一头，然后用自己的肩膀扛住另一头，犁田似的推回家。父亲用自己的血汗建起了宽敞的新房，在当时，那可是有些人家几代人的梦想。

四

我四岁那年的腊月，父亲抱回来一个出生刚满月的女婴做了我的妹妹。对于我的学习和成长，父亲是把我当成"读书人"来催化的。晚上，父亲从外面回来，在油灯下拿出账本盘点一天的收成，我依偎在他身旁专注地看他边打算盘边写着什么。他把我赶到里屋去，在床头上找到一些繁体字的书籍来给我读，摸着我的头说："孩子，你以后就会明白，书籍比我这账本有用处得多。"

妹妹的小女儿满一周岁的那个春季，父亲到城里看我，他从提包里兜出一大捆记账本，语重心长地跟我商量："这些账本里是我三十多年来的裁缝工钱收入明细，累计起来有四千多元的工钱欠条，是追回来好，还是放弃算了？"

父亲之所以这样，是因为有一件事深深地触动了他：大集体的那些年，乡下贫民看病就医，持所在大队盖了红印的证明，医院本着"救死扶伤"的高尚情操，以一切"为了人民健康"着想的博大胸怀，可享受"赊账"的待遇接纳入院。我那患肺结核而去的后爷爷，生前就这样对号入座在地区人民医院住院，但医治了三个月后，苍天无回身之术，后爷爷还是双眼一闭，万事皆空，欠下二百多元的高额医疗费。事隔四十多年后的一天，乡里邮递员送来了一封地区人民医院寄来的挂号信，里面是一张后爷爷医病欠款的催还款通知单。父亲看后，二话没说，签名确认寄回，并把翻了十几倍的本息一次还清了。

我沉思良久，对父亲说："这些记账本先放在我这里，我理解您的意思。"

我把这一大捆记账本珍藏在保险柜里，父亲没再过问这事，我知道他不在意它了。

婚事的节拍

一

细嚼一桩桩乡下的婚事，许多味道盛满时光的空间。

我读初一那年，春节一过完，父母亲就开始为21岁的大哥的婚事费神，发拜帖请本村媒婆来说亲。经过合议，物色了邻村玉姑娘，让媒婆赶紧去回话，选个日子两家人在圩上"打照面"。

"打照面"是乡下婚事开端的俗话。男女双方父母约定在某个时辰和地方，边喝茶、嗑瓜子，边专题商议。姑娘则躲藏在一个隐蔽处静静地聆听，从门缝里向外察言观色，觉得小伙子与自己差不多般配，就走出来共同参与。然后，由男方做东，点六道菜，上两壶米酒，围拢一桌继续细叙。倘若姑娘对小伙子不满意，喝完茶则让媒婆传个话，委婉地推说有事悄悄脱身，避免场面尴尬，男方也好找退路。

过了半个月，媒婆向父亲捎了口信，说女方父母愿意下月初见面。

那天，大哥穿了崭新而整齐的衣裳赴约，女方父母对我家的家境作了开门见山的提问，瞧见大哥高大健壮、谈吐不俗、彬彬有礼，便把女儿从里屋叫了出来。她确实如媒婆勾勒得那样，身段小巧玲珑，辫子细长黑亮，眼睛水灵灵，贤淑而羞怯。"照面"席间，父亲包上"照面"礼给姑娘家父母，郑重其事地商量了"察家"的事情。

"察家"是一桩婚事选择向前延展还是打退堂鼓的关键环节，有点像官员下基层巡视民情，由女方家领着大姑、舅妈、大嫂、婶子等至亲九人，去男方家走访邻居，四处"望闻问切"，从正面、侧面窥视男方的为人处事，家里的田地、财产和收入。"察家"的亲戚们分头行动，从多个层面摸底后，集中坐下来与男方家综合交换意见，拟议红单、嫁妆、彩礼、归门之事。"察家"那天，玉姑娘喜滋滋地收下了大哥赠给她的一枚金戒指做定情物。

大哥和玉姑娘名正言顺地你来我往了，更多的是未来的嫂子来帮我家做些家务，还去种菜、砍柴、莳田和割禾，干得很利索。过了大半年，家里请木匠做好了家具、裁缝做好了嫁妆。冬闲的时候，父亲择定了归门吉日，用毛笔写了一张张请柬送出去。

娶亲那天大清早，做"茶郎"的亲友们拥着大哥，抬着花轿，扛着鱼肉、糕点等食品，敲锣打鼓地来到女方家接亲。彩礼的争论是这门婚事的焦点，村民们称为"添子添孙"。

彩礼事先列在红单上，那些陪嫁物品，父母的恩情服饰，均按时价折算成现金，一般"察家"过后套进大红包里包给女方一部分，剩余的在归门那天结清。这天，女方家有意找点岔子、抓些把柄来闹一闹、耍耍娇，双方吼动嗓门，红脸较劲。大哥的彩礼谈判，由子孙满堂的至亲大伯唱主角，他不甘示弱地说："红纸黑字都写得一清二楚，多一块都不给！"女方父亲僵持着反驳："现在的物价天天在涨，少一角也不行！"媒婆见火候到了，从中站出来逗乐："你们公公婆婆都有理，就我媒人不

懂理，实在说不拢，这笔账就记在我头上算了！"双方见媒婆圆场，也就停止不语了。大伯老练地调节紧张气氛，作出让步决定："不吵不闹不相亲，添子添孙添福寿，添加起来！"随后，女方父亲怨气全消，心平气和地发出亲号令。欢快的锣鼓喧天敲响，唢呐吹奏出凝重深沉的"嫁女调"，新娘听后，阵阵哭啼声沿着高高低低的山道一路回荡。

到了村口，大哥把新娘背下了轿，挂在门口的鞭炮"噼里啪啦"地轰响。烟雾散开，一班民间乐手吹奏起唢呐、笛子，擂鼓击锣。大哥穿蓝色长衫、戴红色礼帽，新娘蒙上鲜红的头巾，在燃烧了香烛、照亮了油灯火、竖立了家族祖牌的厅堂前，拜天地，拜祖宗，拜父母，夫妻对拜。之后，新娘脚底踩着簸箕，坐一张矮椅，静静地面朝祖牌方向，"进出两家门，不吃两家饭"，守到天黑。洞房一直闹到子夜时分，大哥脸上洋溢着喜气，新娘的脸颊羞红……

第二年冬，大哥和嫂子生下了侄子，种着地、栽了果树，日子过得和和美美。

二

日子一茬一茬地流过，类似大哥由媒人引线、父母拍板的婚事在乡村淡如纸薄了，自由恋爱之风吹得"千树万树梨花开"。1992年，我回到了家乡，此时的山乡已升级成了镇，我在镇里干文书，离家五里多路远。

我青春的成熟和躁动，趋向于"春江水暖鸭先知"。周末，镇里的电影院成了我娱乐的最佳选择，我的恋爱种子就是从那时开始冒芽的。电影《泰坦尼克号》上映那阵子，我融入了种种幻想。观看这部影片的那晚，紧挨着我坐的恰巧是一位清秀端庄的女孩，我们的双眸碰撞出了莫名的光芒。《泰坦尼克号》过后，我所有与爱情有关的细节，都聚焦在这个女孩身上。

我们开始了书信来往。我们都喜欢读书，见面时她话不多却精练，话题多是谈读书体会。我送了她一本《论语》，她挺喜欢。后来，她送了我一双绣花鞋垫，五彩的线条绣出娇艳的玫瑰花，叶子上似乎带着露珠，鞋垫旁还清晰地绣了一行"明月如花"的行楷字，美丽极了。

两年后的盛夏，我们去万里长城当了一次"好汉"，到滕王阁下与"秋水共长天一色"，拍了许多样式各异的婚纱照，过了一段温馨美好的旅行生活。我向一些交往密切的好友发了喜糖，就走进了婚姻的殿堂，简单明快，没有像大哥的婚事那样烦琐。

三

21世纪的第六个秋天，我举家搬迁到了县城。五一节那天，侄子举办婚宴，请我回去一趟。

侄子的婚恋过程属于那种超级时髦的类型。他大学一毕业就外出打工，人勤快，务实求上进。他和女友从网上切入恋情，起初在一个网站注册了婚姻登记，玩起"结婚，离婚又复婚"的游戏，过着虚拟的网络夫妻生活，淡雅且浪漫。后来，他们厌倦了网络婚姻，走进现实生活的新天地，和谐默契相处，筹资开办了一个"务工青年婚姻介绍所"，打理得像模像样。他们打拼了将近三个年头，手头上有了些积攒，还张罗兴办一所"留守孩子心理咨询服务中心"。

那天早晨，我和妻儿踏上了家乡的热土。大哥院子的门前，贴上了大红的喜庆对联，院内外却不见几个人影。地面上既没有成箩成筐的碗筷，也没见搭起帐篷烧火温热米酒，更闻不到熏鼻诱人的鱼肉香味。侄子见到我，胸有成竹地抿嘴呵笑："我一星期前就在镇上定好了酒家，十二点半钟准时开席。"

开宴时，酒席前端中央亮起五彩虹灯，镇广播站的女播音员致祝酒词，一位摄影师架起了摄像机。接着，台下的歌舞乐队演奏起了颇具地方风情的曲调，一身唐装的侄子拥着新娘，踩着碎步，款款登场。原来，侄子以他的爱情故事为原型，自编自演了一幕《乡村恋情》的小戏剧，作为自己特殊的结婚纪念。

沿着侄子别样的婚礼，我的眼前如放映老电影般浮现出当年大哥那场远如黄鹤的婚事，妻子送给我的那双永不褪色的绣花鞋垫……所有关于家乡的演变，都毫不客气地奔跑过来，生动了我的眼睛。

祠堂年事

  我和妻携小儿蜗居县城，父母仍留守老家乡下，长子长年在广州打工。鸡年春节，我们回老家过年的打算不得不作罢，长子元旦前夕办了婚事，他们大年三十下午才到县城，我征得父母同意，全家人聚拢县城吃年夜饭。

  母亲过完小年进城，挑了四个大袋小包，装满了红瓜子、干草菇、土鸡蛋、烫皮丝、三角酥、花生油和萝卜、蒜子、芹菜。父亲大年三十大清早给我打来电话，他下午去祠堂里"供神"（除夕辞旧的一种仪式）之后，坐圩上中巴车下城。下午五点多钟，父亲打电话来，说车站的车子收工了。我说我来叫个滴滴快车，可父亲执意返回家里。我说，那您去妹妹家吃年夜饭？我们大年初二会早点回来。父亲说，你们不用操心，我自己会安排。妹妹嫁到离老家两公里的石坳屋场，平时同妹夫包房屋防漏防水工程，去年在县城买了一套商品房。按理说，他们要在新房子过年"进火"热闹一番。可是她的家婆高血压中风，卧病在床多年，妹夫三兄弟轮流照顾老人，轮到妹妹家时，妹妹托付母亲去她家服侍。母亲这次进城之前，他们已放假回家。

老家除夕那天的习俗我是清楚的，下午申时起，每家男主人笼上一只阉鸡，提着装有茶水、猪肉、豆腐、花生、苹果等九种供品的竹篮子，依次进入祠堂摆到"神台"上，往香炉里点两支蜡烛、上三品香，去天井边放三个单响爆竹，捉出阉鸡面朝祠堂正前方鞠拜三下，抓稳鸡头鸡脚，一刀下去割开鸡喉，鸡血流入水拌薯粉的盆子里，最后滴几滴鸡血粘到一沓打孔的毛草"纸钱"上。几位至亲人早已在祠堂一侧的厨房里烧开了一锅热水，男主人们持勺端盆倒水，将鸡滚烫几分钟提出来，摊开长条洗衣板，拔净全身鸡毛，留下鸡尾那一撮毛（寓意首尾呼应），用剪刀开膛取出肾、肠、囊清洗，之后，整只鸡入锅，盖锅熏蒸，片刻捞起。男主人将鸡肾、囊塞回鸡肚（寓意精神饱满），鸡大肠环绕鸡身一圈（寓意源远流长），层叠于凝固的鸡血上面，形成了"供神鸡"。男主人双手端着"供神鸡"，再次到祠堂向东南西北庄重地行礼祭拜，放一挂连环响亮的爆竹，然后惬意地回家忙碌。

老家人一年到头为"年"而忙，这并非夸张。譬如，五方六月开始养年猪，冬至节气酿米酒。而老家阉鸡"供神"年俗的历史，如同祠堂阁楼存放的《刘氏家谱》一样悠久。老家祠堂经历了将近280年的风雨，守护村庄的宁静，还有恬淡、释然。

我们身在城里，依然遵循老家年俗。吃年夜饭时，我想到父亲一个人在老家过年，内心酸楚，但没有表露出来，便在上席位置给父亲留了一套碗筷。父亲不会玩微信和视频，我拨通电话点开免提，大家轮流跟父亲聊天，一次次地重复"后天回家"。大年初一那天吃斋，不出远门，不走访亲友。早餐吃完素面，我牵着小儿，同妻、儿子、儿媳陪母亲上街逛逛。陈毅广场来了好多拍"全家福"照片的志愿者，摄影师叫我们拍一张，我感谢他们的好意，便依偎着母亲合了一张影。

每年的大年初二，家族都会派出几个代表先去海螺寨寺庙祭拜，回来后中午在祠堂里摆"家族宴"。而头年添了男丁的人家，则先在祠堂瓦檐下挂上一个买来的或自己糊的彩灯，以示家中添了男丁，香火有了延续，上面写上表达祝福的语句，祈祷男孩一生平安幸福。家族宴上，每家人自行端来香肠、腊鱼、脐橙、苹果道喜，添丁主人逐位添茶敬酒，有着独特的声、色、香、味、触的感官体验。祠堂里立了先人神位，神圣而庄严，这种神圣与庄严体现在家族成员参与的仪式当中——祭祖三起九拜，磕头作揖……

老家有种叫"红圆米果"的食品是必须上"家族宴"的，寓意家族团团圆圆、日子红红火火。红圆米果以糯米粉为主要原料，拌上红曲、花生、芝麻、白糖，配素菜、精肉，包成像桂圆大小的颗粒。以前，家族宴只许男丁参加，女的一概不坐席，而鸡年春节，大多嫁出去的客女也携夫带子女来了，就连过继给一位无子嗣的至亲爷爷而又返回其生父家的苑牯也来了。记得二十年前屋场里七修族谱，负责牵头修谱的堂伯找到我，叫我联系苑牯，我原以为理事会不让他入谱而要找他开导，就随口问了一句，他既不是亲生又非亲养，还离开了，还算老刘家人吗？大伯笑笑，只要姓刘都算，媳妇也算，都要写进族谱。我调动人脉资源打探，不久他就约见了我，家谱中从此有了他的名字。

我问父亲，是否要叫妹妹一家人过来参加"家族宴"。父亲说，他们不能来。我猛地一惊，望望父亲，父亲转过身避开话茬。我马上意识到了什么，拨通了妹妹的电话，妹妹一五一十地讲了出来。她家婆腊月二十九过世了，按农村风俗，临近过年过世的人称为"旧人"（不光彩），不能进祠堂，也不能进众厅，更不能待到年后葬送。为此，家人不便声张，年后也不进别人家门。我长长地叹息，内心隐隐作痛，安慰妹妹一家想开些，别去在意太多。一个人的生老病死，是自然规律，谁都无法抗拒，我暂且收住悲痛。父亲瞒了我们，去帮他们料理她家婆后事，我理解父亲的善意谎言和良苦用心。

屋场里的后生仔几乎都回来了，我们挨家挨户地走了一遍，那些以前低头不见抬头见的长辈们已日渐衰老，我们给每位年过花甲的老人拜年、发红包。至亲大哥大嫂们，越来越像他们父母当年的样子，大家一年不见依旧亲切。"家族宴"的每张桌子上，都放了一把盛满米酒的锡壶，颇具古色古香。锡壶"盛水水清甜，盛酒酒香醇，储茶味不变"，是每个家庭的传家宝，只有在春节期间，主人才会拿出来盛酒待客，在"家族宴"上亮相，更有一种至高的荣光。据考证，锡制酒具始见于明代，普及于清代到民国，是客家人必不可少的生活用具。是否拥有一把好锡壶，是一个家庭生活水平高低的重要标志，它陪伴老家人度过了一个个殷实的节日。锡壶工艺在信丰流传了二百多年，老家的锡壶大多是小河圩师傅制作的。我家有把锡壶，至少有近百年的历史，仍然饱满坚固，不变形，不渗漏。

记得年少的时候，临近春节，外来的手艺人都在祠堂里占个地盘劳作，三进厅式的祠堂挤满了人。譬如，打爆米花的机子，不时响起像地雷炮一样的响声，打锡壶的叮叮当当的锤打声动听悦耳，弹棉花的节奏宛如高山流水般清脆。我对锡壶挺感兴趣。有一年，一位小河镇长陵村的肖师傅给我家打锡壶，住在了我家，我一日三餐去祠堂送饭，目睹了锡壶制作工艺的全过程。他先将锡块熔化成光泽如银的锡水，再将锡水注入模板压模成片，然后量角画线，将锡片剪成各部件所需的尺寸和形状，每个部件都用羊角架、木槌、窝墩等工具弯曲、造型，并用铁烙细细焊接、刮挫，然后用铁锤密密扎扎、细致均匀地锻打，最后经过打磨抛光，一把银光锃亮的锡壶就呈现在我的眼前。肖师傅送了一块印花图案的锡耳饰给我，可惜后来不知遗失到哪里去了。

临近开席，屋场里舞龙灯的乐手吹奏起来，乐段清晰明快、铿锵有力，唢呐气韵高昂，锣鼓镲钹声音清脆，"锣鼓一响满场欢"。平时，屋场里的舞龙道具挂在祠堂墙壁上，年初一取下，从祠堂出龙先去村头的大榕树下祭"社官",回来在祠堂里一拜天地二拜祖宗,随后到家家户户拜年,然后走村串户表演,一直到正月十六收龙。近年外出回来的年轻人多了,往往临时组合演练几次,祭了"社官"之后就收龙。老家习俗是"迎龙送狮",龙灯队光临放爆竹迎接,狮队进祠堂演完后放爆竹欢送。这与信丰河西片万隆乡的"瑞狮引龙"、大阿镇的"子孙龙"大同小异。

屋场里的老年腰鼓队闪亮登场了,上了一把年纪的堂伯、堂叔、堂婶、堂嫂共六人,头披吉祥彩巾,身穿红黄蓝绿长袍,胯系红绸鼓棒,个个红光满面、精神抖擞。祠堂里那面祖传的大鼓派上了用场,几个后生仔攀附着楼梯抬下大鼓,置放在祠堂正南面,大鼓四周刻绘着山纹、水纹、云纹、树纹,古老而厚重。腰鼓队伍中年纪最大的堂伯,郑重地站在大鼓前头,面朝阳光,抓起鼓棒,"咚咚咚……咚咚咚……"地擂响了大鼓,鼓声激越、高亢、明快。紧接着,老年腰鼓队踩着鼓点,鼓棒起起落落,节奏忽快忽缓,音律忽轻忽重,从左至右绕着祠堂走圈圈、变花样。随后,男女老少纷纷手拉手、肩挨肩地排成队列入场,伴随鼓声跳起采茶舞蹈,唱起本土山歌:"打支山歌过横排,高山崁上一树槐……新开窗户四四方,日头照进老祠堂……"

父亲笑嘻嘻地对我说,老家年过八旬的堂爷爷发话,邀了妹妹全家人过来做客,我异常惊喜和激动。此刻,妹夫正给祠堂"彭城堂"牌匾系上鲜红的中国结。

第二辑 时光再现

一起走过那些年

　　从那个年月的秋日黄昏开始，一些与牛有关的事，在繁衍生息的村庄植下根基。

　　算命先生见我的眉毛如尖利的牛角射向两边，判断我没办法招来弟弟妹妹，以后的命运定是孤单无助。还说我天生携带了与水星相冲的"浮尘"，成年之前切不可蹚河涉水。可是，村前就有一条小河，数百年来经久不息地哗哗远流。河岸边，一大片翠绿草地。夏季里，放牛的小孩子赤身裸体跳到河里泡个快活，我能不去随波逐浪吗？

　　母亲为了我平安无事，按照算命先生说的，在一小方块粗布上用毛笔蘸上墨水画了一幅图，塞进红布包，缝在我裤带上。我每次换洗裤子，母亲总要翻翻红布包，接着又小心翼翼地把它缝制在我另一条裤子里。那个红布包陪我读完初中。到了高中，我感觉这玩意守在身上太累赘，就偷偷地把它给抛掷到校园附近的河里去了。母亲知道后不停地摇头，我猜不透她为何叹息一声比一声长。

　　父亲对我这根新增的"内存条"是否兼容也费尽心思。他买回了一头水牛，用木板搭起了两层楼的栏舍，堆放了干稻草。父亲卷了席铺在牛栏生活了一个多月，过了半年，不知为什么，水牛中风死了，父亲为此在村后茂密的天然树林三岔路口插香纪念它。这是后来父亲在一次醉酒后亲口对我说的。

在我后来的生活境遇里，我一直在寻找反驳算命先生那一派唯心言辞的依据。我背负着"独龙子"的邪号行走在似箭的光阴中。在乡下，"独龙子"是极具羞辱意义的词语，往往与有兄弟姐妹的小孩子一起玩耍发生争吵时，他们就会脸红耳赤地飞溅唾沫吼骂"独龙子"，很恶毒，比狠狠扇一巴掌更让人难受。但"独龙子"在我们村子里不止我一个，与我年纪相差两三岁的猫牯和年仔也是。猫牯是个孤儿，他的母亲生他时难产死在了房间里，他父亲承受不了打击，疯了，后来失踪了。他的大伯收养了他。年仔家是"富农"，他同样没有兄弟姐妹，他们全家在我们村里插队落户，接受生产队管教。我们三个人经常在一起玩，有时玩得不开心动了拳头，也不会撕破共同的伤疤。我们相处最多的时辰，是一朝一夕在一起放牛。

我上二年级的时候，家里重新养了一头母水牛。那天，父亲带了一个牛牙人去集市的牛行里相牛，水牛、黄牛很多，像选美人，可以横挑竖拣。不知是牙人看走了眼，还是父亲囊中羞涩，挑中了一头右眼起白点的小水牛。看起来小水牛很健壮，体型也很匀称，牙人沿用乡下人常打的比喻，说："三牛五眼的我们都看过，就不要说长道短了。"说的是"疾眼牛撑财，拐脚牛当宰"。父亲期望牛买回去会犁田、可生崽。这样，父亲牵回了那头有眼疾的小水牛。放牛，也很自然地成为我学习之余的第一份工作。

村后的那座笔架山，是村童们一年四季放牛去得最多的地方。那个秋天的早晨，我和猫牯、年仔三个人丢下牛绳，钻进树林，采摘紫色的野葡萄、金黄的柑橘和红彤彤的野柿子……待我们吃得满嘴流汁、小肚滚圆后下山,我一眼瞥见牛们在水草丛中火热地亲密。猫牯和年仔的都是高大的水牛牯,年仔的水牛牯紧贴在我家的水牛屁股后面,东闻闻西嗅嗅,鼻子仰天一翘,龇牙咧嘴。猫牯的水牛也向我家的水牛凑拢去调情,用牛角轻轻触摸我家水牛的脸颊。我有点儿担心,它们这样三角恋爱,两头水牛牯倘若争风吃醋起来,不知会酿成什么后果。

我家多了一头水牛,我却要去中学寄读了,父亲决意把小水牛卖掉供我上学。一个黄昏,我在回家的田埂上行走,忽然听到了牛叫声。我家的母牛和小牛在这个黄昏经历了生离死别——小牛被人买走了。母牛从那个黄昏开始哭叫,一声接一声,一声比一声凄惨。牛哭叫时两只大大的眼睛就像两个小湖泊,泪水打翻在眼睑和鼻子上,整张面孔都是湿的。母牛的眼神让人看了心碎,如此庞然大物,此刻却是如此孤苦无依。我围着它转来转去,我看着它,它也看着我。牛看着我的时候也没停止哭泣,它仰着脖子,粉红色的鼻子一抽一抽的,很像人"哭嫁"。我非常想为母牛做点什么,比如为它擦把脸。母牛哭了三天三夜,我三天三夜睡不好觉。

我离开村庄,不再放牛了,和猫牯、年仔的交往也日渐疏远,但他们的一些踪迹我还是多有掌握。年仔在乡里中学念完高中,到了大专录取分数线,因履历表上"富农"的家庭成分被刷了下来。年仔一家不甘心,指望年仔通过当兵这条路跳出农门。他父亲四处求人、托关系,把户口改成了"贫农",年仔当兵体检合格,政审关自然蒙过去了。年仔戴着大红花,在村民敲锣打鼓的欢送中进入军营。可是一个月后,年仔被部队清退了回来,原来是年仔篡改家庭档案一事被人举报了,乡里和村里的几个干部为此都挨了处分。

年仔回到家的那天,我刚好也在家,就去了他家,冷冷清清的,"参军光荣"的牌匾也被拆下来了。我们坐在一起许久没有出声,年仔眼泪止不住地顺着脸颊一滴滴落下来。也许你不知道"此时无声胜有声"是什么样子的,但我知道。好男儿志在四方,那时打工风吹开了,年仔萌生了外出打工的念头。见他这么执着,我安慰他"条条大路通罗马",打工出色同样能成大器。第三天,我送年仔去汽车站,叮嘱他多多保重。

猫牯的境况不是我想象中那么尽如人意,他读了初一半个学期就辍学了,过继到邻村,续了一户三代纯女户人家的香火。他后来生了三个孩子,都不是带"茶壶嘴"的,做了几年"超生游击队员",重返村里守着几亩薄田糊口,他妻子瘦弱得仿佛风一吹就会倒下。他家里实在寒酸,财产基本上可以一肩挑走。计划生育工作组找到他,给他们夫妻俩讲了许多"少生优育"的道理。猫牯矮小的身子坐在凳子上,灰白的头发在瑟瑟的风里爬满了焦虑……

我很珍惜儿时的伙伴,可我不知道拿他们怎么办。我不能把他们像个水果一样装进箱子里,也不能像件旧衣服一样把他们带进城市。所以,那段时间我总是很忧郁、很难过。许多年后,我不时地远离城市,回到乡村走走看看。我发现,村庄里即使最老的那棵树,或者废弃的一口水井,都可以给我慰藉。

村里修"刘氏族谱"庆典仪式的那天,我携了妻儿回去,年仔几乎和我同时进村。经过十多年的打拼,年仔拥有了自己的公司,他那天开着标有四个圆环的小车回来,带着比我儿子小一岁的女儿。庆典活动结束后,我和年仔陪着孩子去村后转转,一条黄狗看见我们几个陌生人拼命地狂吠,有着相似面孔的老人坐在树下悠闲地聊着过去。我们在笔架山的草地上躺了下来,仰望天空叽叽喳喳、飞来飞去的鸟儿,希望找回当年一起放牛时的感觉。年仔突然问我:"这次怎么没见到猫牯?""他过了房分,断了香火,名字上不了族谱。"年仔一声惊骇。我挠了把青草,用力向上一抛,青草雪片般洒落在我们的胸前。

我们止住了接下去再说猫牯的事,生怕身边的两个孩子听见。

山区部落

一

山区是一个自然形态的地理,故乡的方言叫它"坑头"。

老家的先辈属于坑头人,我相信族谱的记述是真实可靠的。1785年5月,二十一世祖刘公文信,生于赣南金盆山坪嶂屋场,幼年时过继给一位乞讨的安西上堡老妪。往后,他娶了陂头塘一女子为妻,做过登仕郎官职,1867年子月在上堡病殁,光绪戊辰年子月安葬于夏首地段。村里的后裔们去了坑头寻根问祖。清明时节,聚集坪嶂,修葺祖墓,点香烧烛,磕头跪拜,寄托"满眼蓬蒿共一丘"的情思。墓地周围翠竹丛生,绿树浓密,油菜花开,香气四溢。墓碑缝隙里,成群蜜蜂钻进钻出、飞来飞去,老人说:"这巢蜜蜂年年都在,招引蜜蜂的墓地吉利,管事。"

我来不及分析老人说的"管事"所蕴含的意思。我们这一带与坑头的反差显而易见。

我们村前屋后，岩石紧裹的小山，长出稀稀落落的松树，如秃顶的头颅。春潮来时，洪水像迷路乱闯的顽童，溢过田园，浸淹墙屋。夏秋季节，庄稼地遭旱，鱼鳞般开裂。寒冬刮风，房门闩栏无力防卫，狂风如小偷伸手，轻易地撩开它。坑头呢？山光水色雄奇秀绝，四季轮回变幻，"三月烟笼五月云带""晓前曙光暝日夕阳""晴霞五色夜月双辉""绿海奇峰玉湖倒影""龙甲生云飞泉玉液"等景观，可谓精致独特。民谣褒扬它"金山银山聚宝盆，风景独好小庐山"，有根有据。

坑头人得"近水楼台，靠山吃山"的天时地利，让外头人羡慕得流口水。"无米难为炊"是对制约才智的一种见解，换言之，"柴火备晨炊"则是对寻找需求的直接表达。我们村里人同坑头最初始的关联，从"捡柴火"开始。

天刚启明，村里人扒拉几口夹生米饭或稀粥，穿双磨耗的草鞋，别把直刀，肩披毛巾，挽着扁担、篾篓，往东翻越九道十八弯，两个多时辰抵达就近的某座山。他们挑选枯干硬朗的树棍，断成一节节，装满篓子，也会朝活树兜劈几刀，过段时日活树萎死，他们隔三岔五地往返坑头，不至于中断干柴来源。

捡柴这活，往往由全家人组合，忙碌到日落西山。妻子砍柴，力壮丈夫中途空手接担，丈夫砍柴，弱小妻子半路分挑半担。响午时分，接柴人出发，登石阶，攀陡山，到古榕树下的茶亭里等候，抑或打听。山底，泉水涓涓细流，口渴的砍柴人蹲在水沟边，抹下凝结"盐霜"的汗脸，捧把水咕咚咕咚地猛吞。接柴人搜出红薯干、爆米花之类的干粮，递给砍柴人填充辘辘饥肠。

村里人家，屋檐墙壁边堆积柴火，灶膛里烧熄火苗的残渣称"火屎"，撩进灶前的瓷缸，缸口盖上板条。逢二、五、八赶集，妇女们推只独轮车，把干柴、火屎集中到柴草行交易，换回油盐钱。

妇女们卖柴是费了心机的，外围架得密实，里头拱个窟窿，像鸟筑的窝。柴火按"一担"计量商议价格,开饭店的为主流买主,他们明知柴火里面"稻谷里包砻糠"的瑕疵,但行规难改,价难压,叽里咕噜发泄后,照样掏腰包。铁匠熔炼铁具的炉火,全靠火屎,村里人不占手艺人便宜,一箩筐一口价,买卖双方心甘情愿。

办完事的妇女们,到小吃摊歇歇,吃钵水煮粉干,抓几个糍粑、米果打点,要么来碗掺杂几丝肉的葱花汤,算是打发一顿了不起的奢侈午餐。她们舍不得独自吃净,打包回去和家里老小分享。

流着鼻涕的小孩们,早就在村口翘望着呢。

二

秋霜覆地,村里汉子不再守家,三三两两地结伴外出搞副业谋生。去坑头搭篷驻扎"挖勺把"的当家人居多。

他们师傅带徒弟,备齐劳务工具和被席、蚊帐、锅盆、碗筷,还有油盐、辣椒、腌菜等,工区设置在枫树、樟树密集的山段。他们挥斧动刀,像裁缝师傅剪布匹,切、锯、锉开一块一块树墩,精工细琢,制作瓢、勺、盆、桶等家常用具。木具制品搭在木棚架上,调节温火熏热,表层略光亮显焦色,如烘烤面包。

"勺把"师傅到了黑夜,做不了白天的事,就打着罩铁丝的松明火,沿峭壁和溪水沟,捕捉石蛙、泥鳅、称星鱼。稍息,往山顶一站,手掌合作喇叭,向对面大开嗓门吆喝:"噢——哈——烧炭佬——过来喝土烧(乡下自酿的米酒)啰!"声音此起彼伏,在山谷中回荡。烧炭汉子闻讯,提几只斑鸠、鹧鸪过来。顷刻,大堆山珍佳肴,炒得腥香喷喷。酒饮尽,骨成堆,猜拳行令的劲头,嘶哑了他们的喉咙。

烧炭佬与"勺把"师傅的作业流程是两码事,他们要识天行动。天气阴晴,他们整理一方山坪,挖深土坑,锯下树干埋进去。生火烧树干的火焰下降，泼适量的冷水，阻止它们燃为灰烬，再封泥保温。这样出窑的木炭不呛烟、不冒烟花、不爆火星，用来煨锅，汤水甜津、荤素鲜嫩。落雨天，他们扮猎人的角色，在树林中拉网，鸟儿闯进网里，缠着翅膀飞逃不掉，或是装个锋利铁夹，逮麂子、山兔。每人备了土铳，谁先扣头扳打中猎物，可分得一半生肉。

腊月，各路副业汉子来来往往，输送劳动成果回家。嗅觉灵敏的木具生意贩子，找上门来验收货品，骑辆单车一窝蜂拉走。他们捎回年货，节俭过年。

村里"十七十八一枝花"的姑娘们颇具胆识和勇气，常年承包山林伐木，植树造林，照亮了坑头小伙的眼睛。姑娘在半山间往下丢木料，发出甜美温馨的提示声："喂——哟——，下面有人吗？上面发烧了！""烧"是木材的方言。农田里的小伙子接话茬打趣："有唻——等等——我上来发烧！"顺势爬上坡搭腔和帮忙，或者送水。久之，再陌生的人也会拉近距离。我的大堂姐就是在这种场合下，与坑头一个小伙结为秦晋之好的。

堂姐是村庄里首个嫁去坑头的姑娘。她归门那天，堂伯迎客的呵呵憨笑声，平常听不到，发烟端茶的作揖动作，娴熟流畅，分辨不出他因嫁女产生的愁绪。他按男方约定的钟点发亲，放挂鞭炮，还带头拍巴掌。堂姐的脸上蒙着块红丝巾，手里拿面圆镜子，大姨给她头上遮盖"双喜"剪纸米筛，扶携她走出闺房。她步子迈得很快，大姨跟不上，几次小跑追赶。堂姐不像别的姑娘那样"哭嫁"归门，蓄长胡须的老前辈拄着拐杖旁观，疑惑，摇头叹息，好像丢掉了我们的传统礼仪，给祖宗抹了黑。

我不禁纳闷，一桩喜事，非要不折不扣地围绕乡间习俗的圈子转来转去？"嫁女泼水"真有那么冷酷无情？从某种意义上讲，对于嫁出的女子，有比喻说"重投一次胎，再出一道世"，我想这不是唯心论，否则

"成家立业"的解释就显得空洞而离谱。堂伯开心的表情挂满容颜，意隐背后——笑纳了彩礼，得到尊严和孝道，这正本理当、无可厚非。期望女儿日后幸福，该是他乐在其中的初衷。

送嫁，充满礼尚往来的韵味，扛饭面，挑鞋帽，提铁桶，轮换着花样。送堂姐的亲友，临近傍晚才到男方家。男方家的宴席办得"齐盛"（指丰盛，九菜一汤），有蘑菇炒山牛肉、红枣焖野猪蹄、杨梅拌蜜蜂蛹、白切山鸡姜丝片、板栗煲鸟蛋、草珊瑚煨甲鱼汤等，每桌配备糯米水酒和谷烧白酒，客人嚼得肚子鼓鼓的、脸膛红红的。吃完喜糖，闹毕洞房，亲戚们寄宿邻里家，在客厅中央铺床草席、烧盆火，或抱头瞌睡，或东拉西扯闲聊过夜，全身的烟巴味好几天才能散淡。临别时，男方给送亲人派发红包。

返程的亲友大包小包的装满男方馈赠的粉皮、花生，经过一个叫"鬼见怕"的地方时，脸色阴沉，自言自语"臭水泼""狗尿淋"。因为这深山老林处是家传染性皮肤病治疗医院，也就是麻风村。这种病症，鼻子溃疡像血红的酒糟，大拇指与食指之间肌肉凹陷，脚趾叉糜烂，像干瘪的老蟹壳，民间定义它"骨爪麻风和烂脚麻风"。医生说"病人用药期间，可以抑制病菌向外传染"，人们半信半疑，遇"麻风"绕道走，"屙屎也要隔他们三座崇"，患者死去，尸体要放火烧掉。我们村里有对中年夫妻，住进了麻风村。当初，村里拆了他家的房屋，收回了他们的田土。多年后，白发苍苍的他们回到村里，情形却大不一样了，得到家族的妥善安置，辈分高的老人牵头，至亲把小儿子过继给他们做孙子，娶回了媳妇。他们先后过世，都入棺土葬，顺顺当当。

村里人调理人情世故，张的是"刀子"嘴，怀的却是"豆腐"心。

三

坑头是许多外来人难以忘却的人生驿站，因为它是当地林业建设的起源地。

制木材的上陂、大公桥，产茶叶的石背、光谱，加工松脂油的倒流水、黄马埔，时兴了好多年。一个冠县名的企业，叫信丰胶合板厂，坑头举行篮球比赛，这支球队的球衣上印"信胶"字样，被搞笑成"性交"。那所传播知识的农林技校，虽属县派驻，但"只缘生在此山中"，在坑头人眼里不分彼此。有几年，林学、农学和畜牧、兽医班毕业生，组织上包分配工作。叔叔70年代初毕业后，就被分回到我们村里小学教书，教过我五年语文课。姨父主管学校后勤，干到技校改革迁移时退休。

我在技校读畜牧专业，半途而废，中断学业的理由与心态和信念有关。我曾参加过两年中考，一心想进读完出来就能安排就业的中专，头年落榜，次年遇上复读生不能报考中专的政策，只能被职业高中录取，而我并不喜欢学畜牧。这期间，我发现班上空座位多了，农村子弟大多回家或外出打工，有城镇户口的则被招进了坑头林场做职工。我的精力几乎全花在功课以外的事情上。

我那时对写作的兴趣胜过平时集邮。我去林场总部取被邮递员误送的书信，结识了通信员，他迷于集邮，集邮册里却没几张像样的邮票，场里的稿纸归他保管，我们恰好资源互补。我用多年积存的邮票换来一叠叠方格稿纸。看见学校宣传栏里贴出的省里举办中学生环保作文竞赛通知，我寄去一篇以坑头变迁为题材的纪实散文，获了一等奖，刷新了全校荣誉档次的记录。

我手抄歌曲本子，照着五线谱吹笛子，《扬鞭催马运粮忙》是我吹得最拿手的一首。有一回，我去人家自留山里砍春笋竹子剥笛膜，撞见一位割草喂鱼的大伯，他边吼边追，我溜进寝室里躲了一天不敢出来。我习书法，从柳体开始入手，临摹最勤的是王羲之的行书《兰亭集序》。我把旧报纸钉上墙，站着练指、腕、臂力、耐力及领悟意境。那些装裱好的书法习作大多当礼物送给中途离开的室友，以纪念那段短暂的同窗时光。我还尝试过表现个性化时尚的方式，似乎做得出格，有次提议剃光头，七八个男生随波逐流，转眼变成"光头和尚"，结果被任课老师视为恶作剧，惩罚我们戴上鸭舌帽，睡觉也不许摘下。

多个周末，我同化工厂的青年职工开采松脂油，名义上是勤工俭学，实则借此打发时间。我们沿途用铁钩刮去松树腰间的树皮，使之呈"Y"形，渗出雨珠般的油脂液，漏满竹签钉牢的竹筒。回来时，油脂液凝固成明矾模样的晶体，我们敲破竹筒挖出它。化工厂有专人过秤入库。

我与一位女同学同桌，平时一起策划和组织课外活动，纯粹是兴趣相投的那种友谊。她读了一个学期，家里为她争取到了坑头茶叶场的招工指标。她初到场那阵子，说修茶山、施茶肥、摘茶叶和炒茶片比品茶享乐。有经验的老茶工手把手地传帮带她：教了她使锄头省力的诀窍；开挖沟壑添农家肥，遵循"头年向阳，次年背光"的原则；修剪不能手软，下剪越狠，茶树汲取有机成分就越平衡，春后的枝条生得越密，嫩芽长得越多。学校放春季农忙假的那周，她约我去她管辖的茶山采茶。青山泼墨，茶树染绿，我们精选露苞的尖锋，采进肩上的小背篓。间歇，她提了水壶去山脚盛泉水。不一会儿，传来她惊恐的叫喊声，我三步并作两步疾冲下去，瞅见一个中年男人从背后抱她。我捡了根木棍，抽得茶树哗啦啦响，她似挣脱的兔子。

她跟我说，那家伙是茶场的职工，人人都知道他变态。后来，她向主管作了反映，主管安排一个新来的女孩与她同住。再后来，她申请调到了坑头的中心林场。她时常收到林林总总的信件，不乏教过她书的年轻老师，同班、异级的男生，父母朋友的儿子，那些"情和爱"的敏感字眼刺得她魂不守舍。按理说"爱是痛苦的，被爱才是幸福的"，而她的恋情果子却与这句话唱了反调。她离开了坑头，那年她19岁。

那届的同学毕业十周年聚会，发了函邀她参加，却杳如黄鹤。男生借酒助兴，话就多了，最后聚集到她身上。大家的一致评价是她清高自傲，话里带有"吃不到葡萄说葡萄酸"的味道。

我同她儿时的邻居交情不错，聊起她家。她幼年被一山外农户抚养，直到父母调入坑头林场。家里好吃的、好玩的锁进橱柜，钥匙只配发给她的弟弟，姐姐穿过的衣服，轮到她，贴满重叠的补丁。她考上了歌舞剧团，家里嫌那里"风流"，阻止她去，让她读了技校。父母使唤的媒人走遍坑头，替她物色了"门当户对"的人家，都被她挡在林场宿舍的门槛之外……这些经历，或许是牵扯她情感世界偏移的起因。

柳青在《创业史》中写道："人生的道路虽然漫长，但紧要处常常只有几步，特别是当人年轻的时候。"我想，一个人的行事意念，是因最初的情景感知而深刻的，随之潜移默化，余韵缭绕。凡事"不以物喜，不以己悲"，即使走过那么几条岔道，也代替不了从今往后。

你在哪里，现在还好吗？

蝉鸣时节

一

蝉鸣时节，我去南方闯荡。

我搭三轮车到了郊外开发区，像个赶考生，走进一家饲料公司。厂房、写字楼，零零散散；工棚、居所，密密麻麻。新旧对比明显，如同承载过我几多想象的地方。

身穿灰白短袖的门卫，皮肤黑不溜秋，土里土气，一块作田佬骨料。我填完登记内容，他礼节性地微笑，嘴一动"请稍等"，拿起内线电话，"嘟嘟嘟"响了几声。他摆摆手，您再等一会儿。我心里诧异：脱岗？

墙壁上，电子钟指针往上蹿，我请他再拨电话。那端仍传出忙音，我心生怨气。指针即将重叠，他似乎也急切，使出了拨打"110"的劲儿，然后将话筒递给我确认。

我过去办公室找找人吧？没有得到允许，你不能随便进去。他的态度很坚定。

我掏出手机翻号码，能借用座机打过去吗？我是想省下神州行卡里的一元话费。

不料，我这招歪打正着。他脸上马上露出了欣喜，向我鞠了一躬，伸出手与我相握。你符合公司的选人标准，恭喜你过了面试第一关，等下分管领导会出来同你见面。

他说公司在测试一个意向主管的综合素质，制定了一套特定程序。他故意按错号码，考验我的观察能力和面对挫折的应变技巧，这是人事部安排的对我的一次特别面试。

下班铃声响得清脆，一位年纪长我几岁的矮个子健步进来。他递给我名片，我记住了他的姓名和职务。我就叫他乐总吧。他讲话直率，先到食堂招待所边吃边聊。

我们在"圆园"包厢。我多少有些拘谨，等待他同我进行深层次的心智较量。他给我摆放碗筷，我为他倒满茶水；他夹烤肉到我盆里，我替他盛鱼丝煲饭。他有意无意地问话，涉及时事政策、行业竞争、家庭和人际，总是带着"你说是不是呢"的口头禅。

我以平常夹带方言的普通话，习惯性地做手势、讲观点、摆事实。他不时点头，透出久经职场的干练和睿智。短时间内，我们之间产生了一种默契。

他决定录用我，按组织构架岗位设置，他做我的顶头上司。

他问我所期望的薪资待遇。我回答，按照公司制度办理。他说制度是灵活的，同等级别弹性幅度较大，关键依据个人综合水平核定薪级。他说了一个数字，问我：行不？这可是我之前三个月的工资总和。

他提示我，试用期原则上三个月，如果业绩突出，超额完成考核和考评的量化指标，一个月也能转正，晋升通道一视同仁，如果不达标，丑话说在先，结果你以后慢慢会懂的。"赛马不相马"机制我早有所闻，巴不得在这里如愿以偿。

我问，我业余时间喜欢写点东西拿去发表，公司会反对吗？正当，支持！我的父母年纪大了，我每月需要回家一次看看，公司能允许吗？好样，同意。

他出了两道题目，吩咐我写个稿子下午交给他，我知他用意，明摆着进一步证实我肚子里究竟装了多少"炒货"。我在写字楼的陈列室翻看公司资料，构思作业主题，绘制图表。他看过后，这样肯定了我的功底：思路、见解和办法贴近实际，可操作性强，富有新意又具有前瞻性，符合企业经营套路。最后，他补充说，我也是辞掉公职出来的，我们是来自同一个县的老乡。我听出了他的弦外之音。

人事部为我办理了入职手续，工龄从当天起算，行政部发放了一周的用餐券，安排住公寓客房。这些流程看似烦琐却注重细节，系统运作紧凑严谨。乐总带我认识各部门经理，他们表现出的朝气、热情和诚恳，在我之前的单位打着灯笼都难找。或许，这是新环境带来的新感觉，但愿它的保鲜期别标注休止符号。

傍晚，我上街买日常用品，路过书报亭，不由自主地朝里张望，往摊面浏览。我翻开一份当天的晚报，文化周刊上正好刊登了一篇我的作品，我便花五毛钱买了一份，纪念出来打工的第一天。

公寓客房拉了网线，放了一部新装的台式电脑，可我还没摸过电脑。我预感到，新的挑战已经悄然而至。

二

我这个岗位职能归类于后勤，一个萝卜一个坑，平时招人少，上岗前阶段，列入轮番招人的营销服务类新手当中集训。我主动举手上讲台发言，在互动环节回答问题，抛砖引玉，活跃气氛；下班后和同事们打球、散步，融洽人际关系，他们大多是刚从大中专院校毕业出来应聘的"初生之犊"，亲切地叫我"刘大哥"。

培训结束当晚，我以营销编外人员的身份参加市场推广知识闭卷考试。发下了两张试卷，包括选择、问答和论述题，两个小时内完成。我阅读了这些题目，感觉答案并不需要固定模式，完全可借题发挥，归纳精华要点，正切合时下的"头脑风暴"原则。几个副总级干部批改试卷，现场宣布得分，对前十名人员进行奖励。我也没想到，作为一个饲料营销工作的门外汉，我竟然得了九十六分，排位第三名，获得了一百元奖金。我得出一个结论，"营销即传播"理念在任何场合下都是融会贯通的。

出一张对外的报纸，两期对内的通讯，向媒体投一篇新闻稿，是我每月输出的工作成果。那期间，整个公司仅行政部一台电脑和打印机，属于自动化办公设备，我动笔用纸写好稿件，发个联络对接单，文员就会打好字印出来。随后，公司专门成立了信息化管理部，招了一名网络管理员，每个办公室配置了台式电脑，供主管们操练。

某日，公告栏张贴出通知，举办电脑知识轮流演练，要求副经理以上人员一个月内学会应用五笔，一分钟要录入五十个字以上，绘制电子表格、收发电子邮件等基本操作，择时对这些技能组织考试，不及格的补考一次，再不过关经济负激励并通报批评。我从那时起突击苦练，学会了使用电脑，如今仍对它百般依赖。

项目成功实施，意义非同小可，我采写了一篇报道，突出表扬了先进典型事迹，也含蓄地点了个别部门和人员不够重视而拖后腿，经上级审批发在内刊上，却触动了"后进分子"议论纷纷。过了几天，一部门女经理拿着内刊到我的办公室，说了一大堆"因为忙，没时间学电脑"的理由，训斥我动机不纯，专找岔子欺负老实人。我和风细雨的解释让她的情绪更加激动：你不要仗着跟你的上级是老乡，就搞起帮派来，我随时可以叫他走人！她的口气之大、态度之霸，我估计来头不小，就向她道歉，表态把这期内刊全部收回来。

这可不是一件小事，自然要往更高层面呈报。总经理办公会下了定论，"导向正确，敢说真话，善意揭短"，从制度治理角度平息了这场风波。后来人家跟我透露，她是公司大股东的夫人，而他的先生因某种原因，不方便公开露面。如此，我顾虑重重，生怕日后她明的犁不到我的岔子，暗地里也会把我的是非，起了念头趁早离开。有天晚上，公司秘书找到我，转达了大股东的安慰话，大意是"你好好干下去，不会有什么事的"，我七上八下的心绪总算安定下来。

我转正的第二个月，各地猪病频发，猪价大跌，饲料销量随之严重滑坡，公司陷入资金周转不顺的瓶颈。公司召开中层会议向员工筹集资金渡过难关，利率高于银行，一年内归还本息，并按对应级别交纳款项。按理，公司的决策成效体现在员工自觉的执行上，也合乎员工为公司添砖加瓦的情感逻辑，可我内心那块疙瘩还是没有彻底解开，翻来覆去地掂量，决意打退堂鼓。我正要伏案起草辞职报告时，大股东的夫人敲响了办公室的门，我判断，她必定因上次那件事的结怨未泯找我。不管事态如何，我还是笑嘻嘻地端了凳子请她坐，做好了豁出去的心理准备：要么甩开臂膀跟她理论一次，反正是最后一次；要么保持沉默以示反抗，管她啰里八唆。

想不到她以大姐的风范，拉家常的方式作了"破冰"的开端，我拿好纸笔佯装做记录。她接着切入正题，我们能在一起共事，兄弟姐妹般的缘分，对你关照不周的地方，你不要往深处想。交集资款的事呢，我已单独同财务打了招呼，我来替你担保。

到了这个份上，我欲言又止。

三

开春后的猪价,像失调的股票一路飙升,公司营销招数层出不穷,聚焦开发,会议拉动,实证体验,人海战术,热闹非常,滚雪球般挤占市场份额。这一波,宣传造势此起彼伏,我的工作任务被层层加码,收集、整理一线信息,归纳、编写成宣传单、广告文案、简报,制作成堆积如山的印刷品,当作开发客户道具,开着大卡车运送到各地。我憋足一股子劲,不待"扬鞭奋蹄",日干夜熬,黑眼圈长了出来,转动脖颈和腰椎,隐隐作痛,发出"咔咔咔"的声响,像牙齿咬硬豆子。

我手头上多了一份交涉印刷厂家的差事,最终与谁合作,投资发展部点了"秋香"算数。我创新"抠门"方式,顺应公司降本节支用意,拟定出印刷品的"纸质、规格、页码、数量"标准,档案录入数据库。我借助报刊台的传播优势,发布了招标启事,"放线钓鱼,愿者上钩"。

那周,印刷厂家业务员接二连三地过来打探招标信息,听痛了我的耳朵。稳重老练的,诚恳谦虚的,自吹自擂的,吹牛拍马的,都有。面对不同的来者,我一遍遍地重复同样一句话,"你方先交三成质量保证金,合同执行完毕退还",从中筛选出真心诚意的合作对象。原先代理公司印刷业务的那家老牌广告公司,自然也被淘汰出局。这一奏效的变革上了红榜,收进了大事记。

这家广告公司负责人老章找到我,没等他张嘴,我先挑明主题封住他的口。而他似乎对这事并不在意,尽跟我套近乎,给我戴高帽子,我自有分寸。他的名片,印着公司企划顾问的头衔。他向我透露,之前与公司已签订三年的服务协议。一张无形的关系网,已在我跟前悄悄撒开,笼罩着我,束缚着我。

周末下午,公司二股东约我去茶馆喝茶。平时,他同我在具体业务上几乎没什么交集,只在开会时碰在一起。而会议上,尽是大股东和他轮番发表言论，细心人听得出，涉及关键问题的时候，两人争论得脸红耳赤，而结果大股东硬是占上风。有一条大家心照不宣，部门报账单的审批签字，找他们中任何人都生效。

二股东真神，咋知道我壶中日月长？他找我喝茶的缘由，我想，并非我们趣味相投。我以前爱抽烟，对茶道讲究索然，一位亲戚送了我一套紫砂茶壶，我收拾了烟灰缸，买了一只玻璃杯做茶具，每日泡上几杯热茶，于工作间隙以喝茶打消烟瘾。偶尔手忙脚乱时，清茶成了我解闷解乏、心平气和的镇静剂。双休日，我会沏一壶茶，放一段音乐，享受独处一室的宁静和雅趣。

我们在屏风卷帘之内轻酌慢饮，倒也随心所欲。泡过几道茶，二股东的"茶翁"之意显山露水，公司付老章的那笔顾问服务款，从印刷费用项目里面开支，你就填张报账单经办，我审批划出去，这事不会让你吃亏。我否决吗？胳膊掰不过大腿，反正公司这面铜锣有他一大份子，他怎么雕龙画虎，轮不到我等小萝卜头杞人忧天。他与老章的微妙关系，我无心打破砂锅问到底，多一事不如少一事。

年终，各部门的总结材料转到了我案头，老章的"顾问工作"述职报告，唯一的亮点是将我那"上了红榜，收进了大事记"的案例揽入他的功劳簿。春节前夕，他来到我办公室，开门见山，感谢你照应。他塞给我一个红包，说："有我吃的一口饭，就有你喝的一口粥。"我纳闷，你吃得上吃不上饭，与我喝得上喝不上粥，干吗非得黏糊一块？我顾他面子，送了他一幅"厚于德、诚于信、敏于行"年画，希望他能悟出其中意蕴。我把红包丢进文件夹内，不愿让它伤了我自尊。元宵节后开工第一天，我借口这是路上捡到的钱，原封不动地交给了公司财务处理。

许多场合下，二股东总在别人面前夸奖我，我视之为耳边风，有意远远地回避。

四

公司扩大了规模，营销群体像林子里的百鸟唱主角。他们多是来自农村的学畜牧、水产等农学专业的大学毕业生。那时，毕业包分配的政策已瓦解，双轨制、市场化的竞争已成为现实，他们应聘到了公司，选择当业务员长年出差，每天起早贪黑，斜挎背包、骑着摩托车穿梭于村头地间。

他们伶牙俐齿，能说会道，独当一面，高歌猛进，沉浸在饲料增量式发展模式的叫好声中。行业转型危机一步步聚合，不利因素慢慢沉淀，隐性风险逐步形成，企业的凯歌高唱却掩盖着转型之痛。年轻的畜牧学子，在勤勉付出三五年之后，面对来得如此突然的残酷现实，以及超乎想象的反差，承受不了市场变化带来的绩效低落压力，无奈与迷茫、惆怅与困惑充斥于他们的内心，理想变得遥远，恍惚如置身梦幻之中。

某个夜晚，一位资深业务员发来信息，他写了一篇题为《卖饲料的老男孩》的文章传到了我的邮箱。我被"老男孩"打动了，彻夜失眠。我谨慎起来，生怕重现"电脑事件"再惹身臊，忍痛割爱。我内疚地回复：你试试往外面投稿吧。后来，"老男孩"果真在网络上走红，但它像大海里的一朵微弱浪花，激不起企业的呵护意念。

公司起初配给身居高职人员"绩优股"，试图牵制他们想入非非跳槽、改行。他们像"猴子捡到一片姜"，身处屋檐下不得不低头，挤出血汗钱购买股份，以谋取"当家作主"的发言权。

阿成是做企划的主管，在公司刚成立时就加盟进去了，当年一把手身陷囹圄，别人像躲瘟神似的躲着他，阿成却挺身而出，不求任何回报地辅佐他，含垢忍辱，不离不弃。阿成替一把手唱了无数的赞歌，说了不尽的好话。他向新员工讲授公司"讲诚信、守承诺"的企业文化课，口沫横飞，激情飞扬，着实功不可没。一把手给他配了两次股，他眼睛都不眨一下，签了十年劳动合同，盼星星盼月亮，期待分红利的那一天到来。

年初公司变换汤药，举行了一次投票股改，淘汰所谓没贡献的人，这下核心骨干们幡然醒悟了，他们梦寐以求的"神奇"股份，不过是个画饼充饥的谎言。阿成没能凭"忠诚"这根救命稻草拯救自己，同样被打入无贡献之人的"冷宫"，股份全部泡汤。他最崇拜的一把手，成了他的眼中钉、喉中刺，他积下一肚子怨气离职。阿成的离职如一根导火索，点燃了一批元老级骨干集体出走，波及营销团队纷纷另立门户……

我不够配股资格，也感到一阵迷茫，指望有一天解开其中奥秘。

五

每年主管部门连同行业协会都热心地牵头，组织会员单位搞些诸如展览会、研讨会、高峰论坛、颁奖典礼之类的活动。这些活动好比农村人过大年，家家集中到祖厅，点香烛、放爆竹敬奉一番，求得平安无事。

公司在协会挂了个常务理事单位，自然要紧跟着感觉走，玩出点花样来，会刊上登广告、墙壁上钉条幅、主会场标协办、展位上布特装。我连续五年负责公司参与对外重大活动的统筹，绞尽脑汁弄出点名堂来吸引大众眼球，做了充气卡通模型乳猪四处游走，请了一支小乐队，有帅哥吹奏萨克斯，有美女拉小提琴，还有红酒、糖果和爆米花供人品尝。其他企业也像赛家门那样（不甘落后），出尽风头。在像鸡笼这么大的业内圈子里，每次竞争伙伴们集中亮相期间，遇见老相识叙旧谈心，结交新面孔海阔天空，也就不足为奇了。

那次猪业形势分析大会上，我意外地见到了小梁，我与他同一个月进公司，曾住同一层宿舍楼。这小伙子在公司干了将近三年，脑瓜子活嘴巴子甜，树上的麻雀也会被他诱下来。他先是跑营销业务，参与竞选做了原料采购员，而后考取化验员资格，之后就成了"鸡蛋里面挑骨头"的品控主管，是个难得的全能型人才。突然有一天，他主动提出辞职回家，理由直白：不想打工了。领导惊讶了，反驳他，你见过有哪家公司愿意"培养老板"吗？他收拾完行李，我送他上了火车。

会议结束，我们去吃粉丝馅饼和土猪肉汤，乘船游滨江观夜景。一介猪倌的小梁，创业经历如那特色小吃般意味深长，如滨江流水股股叠叠。他说他回到乡下，在自留山上开荒修路，建起了农场，种植蔬菜，饲养生猪。行情大好之际，生猪供不应求，挣了第一桶金。员工失职，母猪流产，口蹄疫突袭，生猪交易停摆……靠着蔬菜收入，熬过养猪亏损寒冬。

我问他，你的生猪长得快，瘦肉率高吧？他对我摇头，冲我叹气，这是件好事吗？我一头雾水，你推销过饲料，到处都这么宣扬的呀！他说，我确实拍着胸脯这样承诺过养猪人，可事实上根本实现不了，他们的口水都会淹死人，还敢忽悠下去吗？我就再不情愿卖饲料了。他讲起了他的养猪"三自经"，头头是道，滔滔不绝。比如，自己设计采光通风的猪舍厂房；自己安装清洁环保的排污设备；自己精选玉米、研磨蔬菜配备天然的食料饲喂；远离添加剂、抗生素……生猪看似越养越"小气"才出栏，然而都指定上了大型超市的肉铺。

他说，某饲料厂家想在他的农场做菜篮子"放心肉"文章，挂他们的"生态饲料示范用户基地"牌子。一颗老鼠屎搅坏一锅粥，没门！我倏地开窍了，避而不谈这事了。

他似乎不解地问我，你在公司干的时间也蛮久了，没功劳也有苦劳，他们是不是老眼昏花忘记了重用你？可你看起来还挺安静。我触电般颤抖了一下，倘若用"一言难尽"搪塞，显得太对不住人家。我努力地剖析我"安静"的原因，给了他一个合理的答案。或许，从我外出打工的第一天起，"男人错行，女嫁错郎"的事实就像标签一样贴在我身上，无时无刻不在纠缠着我。可我来自乡村，乡村的贫穷清除了一切抒情的词汇，往往需要用物质作为载体去表达情感和责任，好比方言一样，你无法去篡改它甚至背叛它。所以，我只能屈居篱下继续卖力……

好在，一股精神血脉在修复着我的灵魂次序，一种价值形态在稳固着我的阵脚节律，凡事也就坦然以待了。

家猪的肖像

一

当盘古的阳光和空气鲜活了所有生灵，家猪越过千万光阴，更始黎民苍生间。竹篱、木桩和茅草，抑或土砖、瓦砾垒起的陋窝，是它们统治的整个世界。一头家猪存活的天年，如匆匆过客，不过两轮生肖就到了尽头。作为肉食动物，家猪苟且一年半载，就变成了人们舌尖上的味道。家猪世代繁衍生息，猪居似驿道凉亭，永远不会空巢。

家猪的先祖，从荒野清气中诞生，是与时间亘久奔跑的幻化过程。它们寻食觅物的日常规律、抵御寒暑的不同方式、与异己厮斗的境况、生老病死的归宿，远远超乎我们的想象。在人们的视线中，它们模样凶丑，躯体精瘦，皮毛乌黑，嘴巴尖长，背如弓，行如风，嚼枝藤根茎、花瓣叶片，栖息森林树穴、丛草里。新石器时代，猎人捕获它们，在部落中圈养，用鞭抽棍打，降服它们的桀骜。天长日久，它们的生理机能、外部形态都起了变化。唐代,人们称它们为"汤盎"。《云仙杂记》说:"黑面郎,谓猪也。"家猪从兽系中进化的印迹依稀可见。

家猪繁育后代,从自由交配开始。公猪与母猪寻欢,母猪主动求偶,一拍即合。

母猪怀胎四个月,分娩产崽。母猪临盆时,神志不安,时起时睡,频频排尿,磨牙摇尾,拱泥土,衔絮窝,蹄抓地。当第一头猪崽产出,母猪尖叫厉害,平卧侧躺,四肢伸直。每隔半分钟,母猪做一次深呼吸,猪崽从子宫胎里顺利溜出来。产毕,母猪暴露乳房,奶水汩汩流出,引诱猪崽躺下吸吮。猪崽各自占据一定位置,紧卷尾巴,伸出前肢,鼻子轻触母猪乳房,口咬、舔和啃乳头。母猪保护猪崽小心翼翼,像保护自己的眼睛,在行走、躺卧时谨慎有加,唯恐踩压猪崽。它会在固定的地段,用嘴将猪崽排出卧位,慢慢躺下。对外来的老鼠、蛇的入侵,母猪吼动威吓的嗓门,张合上下颌,牙齿咬得"格格"响,伸出前蹄尖甲,随时防备不测。猪崽闻声逃窜或伏地不动,默契配合母猪一起防卫。

同窝猪崽在母猪的呵护下相互照应,它们彼此距离不远地散开时,若受到意外惊吓,会立即聚集一堆,或成群逃走。当然,也会争夺地盘引起交锋,一头陌生的猪崽进入群中,便会成为全群猪崽攻击的对象,轻者伤皮肉,重者死亡。当两头陌生的公猪在一起时,争斗更激烈,它们怒目对视,像拳击比赛一样转动,嗅嗅闻闻,低沉吼叫。突然一方朝对方发起快速进攻,嘴撕咬,蹄蹬踢,不可开交。败阵的公猪疲软屈服,调转身子仰天长嚎着逃离,取胜的公猪原地呆立,耷拉脑袋。

人们很早就积累了"一头好母猪,产崽好一窝;一头强公猪,配种强一波"的经验,为了家猪群体和谐相处,优化繁殖和育种品质,"阉割"手段顺势流行民间。《周易·封爻》中有"豮豕之牙,吉"之说,"豮"即为阉割的公猪。从某些角度说,家猪是被剥夺了性别权利的。

二

家猪的许多行为表现都与人极为相像。家猪与人结下不解之缘，历来都是古生物学家潜心研究的课题。

家猪象征吉祥如意，商朝初期成雏。家猪被古人信奉是前世带给今生的贵重吉利礼物，诸如以猪换取贝币流通，代表拥有财富，女性生育后佩戴刻有甲骨文"猪"形的龟甲板辟邪，是有事实根据的。那时，很多和猪有关的象形字应运而生，比如"家"（房子底下有猪，"豕"的意思就是猪）、"圂"（意思是厕所，即厕所通猪圈。如今的南方和北方农村，仍然能见到这种猪圈）。或许，这就是"猪"文化起源的例证。

明代中期，家猪遭受严重摧残，一度成了政治权力的葬送品。正德十四年，因"猪"与明代皇帝朱姓同音，被令禁养，旬日之间，远近尽杀或被埋弃。好在"改朝换代"是推动历史前行的规律，才有家猪"春风吹又生"的新转机。

家猪天生善良、温顺、聪明，出生不久的乳猪遗传了祖先野猪的血脉基因，它们一点即通的记忆思维让人惊叹。养猪人喂料时，用竹片敲打墙壁，它们立即竖耳细听，反复几次，一听到竹片的响声，就有了条件反射，如学生站队一样，集合到指定地点等待来食。家猪不到窝边拉屎撒尿，或许传承了野猪远离窝边排泄的本性——野猪为了避免被敌兽发现行踪，遭受无端祸害，形成了自我提防意识。

家猪的爱美之心，也像人一样。让几头猪与一面镜子待几个小时，这些猪明显对着镜子入迷，用鼻子不停地拱镜子，从犹豫不决低低呼叫，到一点点靠近，最后舒服地躺在镜子上，并从不同角度看它们在镜子中的映像。如把镜子放在明显位置，然后将一碗食物放在它们不能直接看到但是能在镜子映像里看到的地方，猪平均十秒内就会找到真正的食物，并不绕着镜子去寻找食物。由此可以看出，家猪属较高智商者。

家猪总是一身污泥，似乎不太讲究卫生。"臊"字就和猪有关。《周礼·天官冢宰》上说"臊不能食"。《说文》进而解释，所谓"臊"，是猪身上的油脂异味，并无残毒。猪为了减轻这股味道，夏秋季节，才在泥浆中打滚，又获得了凉爽的快感。屠夫宰猪，刨净全身猪毛再开肚膛，也意在其中。

三

家猪被冠以"懒""笨"的标签，褒贬各有分说。看过关于十二年兽的神话后，我在想，家猪何以"感天动地"？

神话里讲的是，上古时有个挥霍尽家财万贯的胖小子，因好吃懒做最终饿死于床头。他到了阴曹地府却不甘心，恳求天神为他申冤。巡查大将揭发他阳间犯下的种种劣行，玉帝怒不可遏，下令罚他为吃剩羹残食的猪。发落到凡间的猪闭门思过，痛改前非。年兽轮流当值那阵，因路途遥远迟到，超过了选举的时辰，它的一番诚恳诉求，招来牛、马、羊、鸡、狗一起帮它说情，感化了天神，猪破例得了个末尾的生肖。我们发现，夜间子丑时辰，是猪一天中沉睡得最香的时光，或许这就是它亥时得了生肖，心中感到幸福、满足和安逸的原因吧。

人们对《西游记》中"猪八戒"的伦理道德的理解，智者见智，仁者见仁。他栩栩如生的形象，当属"前无古人，后无来者"。避开猪八戒曾经"天蓬元帅"的风光，"调戏嫦娥"的罪过，做了唐僧徒弟后好吃懒做、迷恋妖色的丑行，他低调亲和、忍辱负重，对孙悟空言听计从，对唐僧忠心耿耿，与孙悟空一道保护唐僧去西天取经终成正果的表现，足以说明猪八戒"仁德润于身"。因而后人对猪八戒的评价不比孙悟空逊色。

这不禁让人联想到唐朝九代共居一个村庄的张氏人家的俊逸家风。他们五世数百人同堂，合家欢聚，求知修德，其乐融融。高宗皇帝好奇地询问他们持家的要道究竟在哪里。张家一位九十多岁的老人念了一遍家训："传家忠和孝，兴家文和德，持家勤和俭，安家让和忍，守家遵法度……"，并挥笔写下"厚德仁义"四个字。高宗悟出张氏人家"以孝为首，克勤克俭，忠厚传家"的坦荡胸怀和处事秘诀，传话说"好啊，将做下去！"，高宗手下的侍从把"将做下去"误听为"奖猪下去"，金口玉言不得违抗，赶紧制作了一具红木猪雕，赏赐了张氏人家，这正与家猪的"厚德仁义"珠联璧合。

赣南客家的传统习俗林林总总，家猪是各隆重活动的常用生灵。清明扫墓时，除了带上香烛、纸钱等祭品外，抬大猪去祭祖是最体面的，祭祖仪式结束后，猪肉便分给各参与者，讲究的是"人丁兴旺"。无论是红白喜事、寺庙吉贺，还是过中秋、春节，都常见以猪作为领头的祭祀品。天津、河北等地，用蜡光纸剪成的"肥猪拱门"节日窗花，主题就是猪背上驮着一个聚宝盆，贴在大门正中央，表示"招财进宝"，求得心灵上的慰藉。

四

我老家村子的方言中，喊家猪为"薄命家人"，不晓得是否从"可怜前代汗青史，薄命佳人类如此"中引申过来的。村里人总是将一生的时运拿家猪来打比方，比如评议一个有出息的人，讲是傍上老祖宗的"猪命"，人家听了乐呵呵，证明这说法是善意的。

村里面有好多"薄命家人"，就是一户人家散养两三头猪，间或养头用来配种的公猪或母猪，整个屋场几乎都这样跟风。村里人老实厚道，养猪如同抚育孩子费尽心血，养猪换得逢年过节吃大肉，卖掉生猪获得一笔可观收入。尽管"享福"的日子一周过后就完了，但过程充实，充满期盼。一个有盼头的家庭，无论贫富，树立了谋生信心，喝白开水也感觉味道甜美。

男人种田，女人喂猪，都是这样分工。妇女大清早蒸好饭，煮锅米汤稀粥倒入木桶里，准备好猪的一天用量，配上地里栽种的番薯藤、芋荷叶、大豆苗等青食，早中晚三顿，日日重复。一年四季的猪食各不相同，即使青黄不接的"荒月"，妇女们也不愿看到猪挨饿。

有种在池塘里疯长的水浮莲植物，是妇女们常年用来喂猪的"长命植物"，大开家猪胃口。春后，她们在水塘里打四个桩墩，用竹子围成棱角圈，向水面洒下颗粒种子。水浮莲的繁殖速度惊人，三夜过来，豆芽般绿嫩的莲叶丛生，漂浮水面，紫色的花瓣耀眼，细白的根茎如女子的长发，捕虫的青蛙在莲床上蹦来跳去。妇女们泼洒草木灰施肥，一轮一轮地捞收，或切细即时煮熟饲喂，或晒干贮存，留到冬天应急配料。

我身体瘦弱，估计与小时候总是偏食有关。有一次，奶奶从薯藤中精选了细嫩叶子做炒菜，一家人吃得津津有味，奶奶夹到我碗里，我嚷着倒去喂猪，奶奶训我说："小鬼崽要懂惜食，猪吃得的人照样吃得。"的确，家猪会惜食，它们跟着农家人的时间节奏吃食，有啥吃啥，从不嫌弃。进食时，喂猪人舀泔潲水，猪过来猛啃一番，喂猪人蹲守一旁持续添舀。猪吃到中途，不安分地将前蹄踩踏盆具，嘴巴喷吐食物来耍小脾气，喂猪人用棍子挠挠它的背部、拍拍它的前额，它又老老实实地低头缩脚，接着咽下去了。

家猪发病了才厌食，喂猪人摸它的耳朵感觉温度，看它的睡姿和精神状态，听它会不会打嚏，依此来判断它是否得病。随着气候变化，家猪常得高热、肠炎、蓝耳等疾病，养猪人对症用药，在食物中拌些中草药。清铲栏内的肮脏草物，堆积发酵做农家肥。然后冲洗地面，洒层石灰粉消毒，割几担芦箕、干草重新铺垫。冬天，做个类似打谷机的箱盖保暖，窗口贴层塑料纸、门口掀块草席防风。沿墙壁接根皮管、装个木桶、钉个铁制饮水器，方便猪进食后自行喝水。给家猪创造舒适的环境，农家人养猪轻松自在。

养家猪产业以规模化的态势在演变，食料随之丰富多样。那些定义为浓缩、预混、全价配合的饲料，综合成家猪产仔多、易诱食、健肠胃、拉骨架、长膘快功能，细分在哺乳、保育、生长、育肥阶段使用，炒得一时热乎。

我去过江西老区一些农村猪场，可是猪场并不是我想象中的那么美。远远的村头岭下，就闻到一股腥臭，河道的水流幽黑稀稠，蠕虫漂游，邻近农田大片荒芜。猪场苍蝇蚊子嗡嗡作响，料槽沟剩食发霉变质，粘满污泥的猪群像古装戏里的小花脸瞪眼四望。一帮外来青年进村悬挂条幅、发传单，找经销商，请猪场负责人，开科学养猪技术座谈会"洗脑"，仔猪"一天长一斤"的口号叫得山响。有种"一防二喂三管理"（防疫、喂饲料、猪舍管理）的猪场整体解决方案，好几年都走红。遗憾的是，这门"科学"犹如抬驼背婆进花轿——按得头来脚又翘。我想，改变乡村的传统养猪观念，还有一段遥远的距离。

《红楼梦》里有句"人怕出名猪怕壮"，在乡亲们眼里，宰猪是件庄重的大事，要对照老皇历择时辰开工。先碾好米浆盛猪血，备三碗斋饭、清茶和水酒。子夜时分，屠夫持一支长而利的弯钩率先进栏，对着猪的前腮一钩，紧跟后边的几个壮汉一哄而上按头抓脚，跌跌撞撞地把猪拖到长板凳上。屠夫半蹲马步，紧握尖刀朝它的咽喉处猛捅进去，鲜血喷涌出来。养猪人目睹生死之别的家猪绝望挣扎，悲愤的"噢噢"哀号，跪地闭眼，雨泪哽咽。过后，养猪人端了猪的头颅、尾巴和猪血拜天叩地。黎明时分,屋场里的当家人过来剁肉,付现的,赊账的,用鸡蛋或大米折算的,五花八门。当晚,东道主摆一桌"全猪宴"请邻里至亲。这一独特的客家习俗,当我若干年后返回故乡,却再难以重现。

  我停留乡间,再密切关注这贯穿古今的家猪,希望找回被忽略或遗失的根脉,深刻了解它的全部内容。

樱花的气息

有关节日的温馨弥散后,我去南方都市的郊外观赏樱花。据新闻媒体发出的消息,那里的樱花风情万种,比往年更早盛放,堪称当地一枝独秀。

我初识樱花,是在文坛名人的生花妙笔中,如鲁迅先生的《藤野先生》中"上野的樱花烂漫的时节,望去确也像绯红的轻云",冰心老人的《樱花赞》中"早开早落""人生短促"等经典名句。但作为日本国花的樱花,尽管象征热烈、纯洁、高尚,我对它一直疏而远之,因为它的根基不在神州大地,解不开我的中国结。我常常会对周边的梅花、桃花、桂花、牡丹花等心驰神往。

随着阅历的堆积,我对樱花的了解有所深入。樱花在中国古代早已有之,古往今来,人们赞美樱花,不仅是因为它的妩媚娇艳,更重要的是它经历短暂的灿烂后随即凋谢的"壮烈"。它带给人们一种春光乍现的美丽、开落自如的豪爽气概,代表着一种悲情、一种凄美。

我曾在昆明、南宁、海口等地走马观花地看过一些樱花,如绯寒樱、关山樱、牡丹樱等品种，但身为那些城市的过客，"无心观花诉衷肠"，樱花在我眼里和心底并未留下多少声息。多个春暖时节，我去了北方城乡观赏花草树木。樱花安插在里头，在百花丛中花期开上十几天，虽眼福大开，但始终唤不起我灵魂深处的青睐和情愫。也许，我未曾以一介平民、凡夫俗子的立场去观赏樱花、品评樱花。

我转而以平常心去关注樱花、倾心樱花。在中国的有些区域，气温、土壤和风向等条件足以让樱花树经久不息地生长。比如南方，冬末初春，樱花捷足先登，"一夜春风来，万树樱花开"，持续两个月才"花消香断"，耐人寻味。它生存内涵的扩张和地理位置的迁徙，逐渐改变了我的审美情趣。

樱花在春天里的"春华"，不由让我泛想起了秋天中的"秋实"。在我的家乡信丰，有种叫脐橙的果树，开花时序总比樱花推迟一个多月，但它花去果结，成为江西赣南的一项经济支柱产业，而樱花却是无果之花。这样一比较，脐橙因既是精神的又是物质的果树而闻名遐迩，樱花专注于意识形态的流露，花开花落，无须人相怜，无疑，这也是高尚的、让人敬仰的。

我客居南方这座城市，当初并不理解"恋上一座城市是从一个人或一束花开始的"这句话。尽管这种"恋"的内容很多，恋亲、恋友和恋情……正如我从年少到如今，对樱花由感性的认识到理性的认知一样循序渐进。大多空余时光，我把自己安放在一个"玉树新村"的一隅独享寂静。平常外出，出于事务的礼节交往，我陪同相干或不相干的人，或多或少游走了一些边边角角，留下的印迹可以用"肤浅"来丈量，允许我回忆的细节实在少得可怜。

偶然，在某年樱花烂漫的某日，有束"花"悄然出现在我的眼帘。她告诉我，她来了南方，与我同城，体验打工甘苦或者"放飞自己"。我在惊讶、疑惑之际，择日有了叙旧谈新的初见，而牵系我们的是"文"

字领跑，交往的起点染着些"文学"色彩，这种朴实、清雅的节律，像春天里的樱花般次第盛开。

初到这片犹抱琵琶半遮面的森林公园，心境倏地豁达。这片樱花林占地达十万平方米，数量近万株，两年前由当地政府、农林部门联合一家企业以义务植树的形式共建而成，可以无偿观赏游乐。

满山的樱花，红如胭脂，灿若云霞，迎风摇曳，蔓延芬芳。樱花树下游人如织，秩序井然，相机拍个不停，人赏花，花品人，此时的天空，阳光紧闭羞涩良久。我们在人群中漫行，樱花树那份恬淡、静谧和淡泊，热情、奔放、纯洁和高雅，让人深深陶醉。我拾起一片轻落的花瓣，美丽冲淡了忧伤，惬意贮满了奉献。一段接一段的石阶，起起落落的脚步踏响，木桥、栅栏、卵石就地作衬。我停驻，抬头间，她把长发在素手的轻巧承转间绾出一个髻，含蓄的眼眸与樱花的婀娜姿态彼呼此应。我按下快门，光影、色彩与线条瞬间定格成了永恒。或许，因了这镜头，停留了她最美妙的时刻，时光仿佛不再老去，我的内心充满享受。

她告诉我，她所在的公司面临业务转型，家族企业那些微妙的人际关系让人摸不着头脑，稍有不慎即掉入设计周全的陷阱，有几个业务技能较高的老员工干得不起色，却不明不白地遭到了清退，她为他们的处境痛惜不平。更让她愤慨的是，跟她一起入职、同居一室的闺密也已"含冤"离开。因为老板的侄女拍拖多年的男友加盟公司不到半年，却另谋高就，两人分道扬镳了，老板的几个亲戚借机调动眼线明察暗访，怀疑她的闺密与老板侄女的男友有染，夺人所爱，大肆散布谣言，老板降了闺密的薪水和职务。她是心知肚明的，闺密是从人才市场招来的财务主管，而在工作中又拥有掌握公司商业秘密的权限，这样引发了"裙带"嫉妒，被无中生有地排挤掉了。

她问我，让闺密加入我所在的公司怎么样？我片刻沉默，她收住了再问。她听了我的回答后，使劲点头深表满意。有些蚕丝一样纠缠得严严实实的问题，正是不大不小的家族企业留不住人才的瓶颈。她说她"一心二用"，其实我也是。闲暇日里，我除了写文还练书法，解空虚之闷，舒心头之乐。她兼职操作了行业杂志和网站，做编外主编，人脉关系理得颇为顺当。当一个人对视野所及的人和景怀有真情实感时，会在不经意间靠近，久罩的心绪也会从烦琐杂事当中蝉蜕而去。

　　樱花树下的人群早已散去，樱花依旧驻地含情以待。来年，樱花再开的季节，我会为它披上节日的盛装……

桃花带雨三月开

春暖花开的季节,很容易记起乡下人常挂在嘴边的一句谚语:"不见桃花带雨开,哪有美妹撑伞来?"

南方的三月,暖春的气候总是要比北方快上那么两拍。我踩着节气的节拍回到乡间,恰遇天公作美,细腻的雨叮咚地下着,雨声带着一种悠长的节奏,宛如跳动的抒情音乐,伴随我"斜风细雨急需归"的情绪款款亲近。人未进村花香先迎,一眼望去,村前茂密的桃花竞相开花吐叶,一坡接一坡的嫣红俗粉热热闹闹地抢尽风头,别的花只有耐着性子等着它谢幕再争相亮相,这在往年并不多见。

其实,家乡的桃花并无铺盖四野的恢宏气势,因为村里人的住房都是东两家西三家,零零落落依山临水而栖,好似与外面时空俱隔,桃树也就错落多姿地散植在房舍周围的空地上,绽放的桃花也就天女散花般点缀在各个方阵角落。以前那些桃树,自村民嫁接成活后,不修不剪,任由它天然生长,比起果园中在果农剪刀下培育的桃树,它们确实要坚毅得多。所以,那些桃树都举着硕大的树冠,密密匝匝地开满粉红色花瓣,绕着袅袅升起的炊烟，青砖红瓦的房舍羞隐其中，构筑成祥瑞的山村田园风情。

在村后寺庙里生长着的一棵古老桃树最让人倾心，据传它有一百多年的树龄，若要看它的树冠，需仰望才行。桃花含苞欲放时，团团花瓣缀满枝头，稍有轻风拂过，花香四溢，那遗世的绝妙夺人心魄。桃树下，往往是穿吊带裤的孩子们的嬉戏乐园，他们不懂什么"一树桃花一溪月"的风雅，只晓得春天来了看桃花。男孩子爬到树上摘几朵桃花戴在女孩子的头发上，玩起"娶迎新娘过家家"的天真游戏。待桃花谢了冒出乳头大小的桃尖时，孩子们就开始一个个垂涎欲滴地盼着桃子长熟，桃子膨大一转绯红，他们就拿出早就做好的弹弓，拣了石子瞄准射出，便会有一两个熟透的桃子应声落地，而后你一个我一个地分享最新鲜的馈赠。

百年桃树下，有一处民风淳朴的景致。桃花盛开时，被风吹落的桃花，偶有掉进寺庙香火鼎盛的香炉，不知从什么时候起，村里传起了桃花香灰能治病的消息，说是身体不适，只要前去香炉里抓出桃花香灰，泡茶喝下去，疾病就能痊愈。这传说越传越玄，及至后来，患感冒、腿脚不便、心律不齐的老人，甚至癌症患者都相信桃花香灰能妙手回春。这棵桃树随之名声远播，一时间，络绎不绝的信徒没日没夜地烧着蜡烛，点起香火，在树的周围形成了一条香火街市，其中还夹杂着卖圆米粿、鲜嫩的辣椒粉皮等的风味小吃摊，生意还特别兴旺。日子一长，桃树树皮被烛火烤焦，冠顶绿色渐渐褪去。眼见着桃树枯萎，人们开始自发保护起来，给桃树周身圈出地盘，围上木栏杆，控制点香烧蜡，桃树在稀烟轻绕中才见起色。每逢春天，那冠顶的枝头又是绿色浓郁。

随着村民们的钱包鼓胀起来，桃树周围成了投资升值的热土。不出几年，高楼林立，把桃树抱得严严实实，桃树重新被包上新装，不锈钢栏杆替代木栏杆，泥土上面又垫上了草皮，桃树的生态环境改变了，一个多喝了点墨水的文化人为其取名曰"承百年吉脉，居时尚桃园"，还刻了一块石头记述它的闲闻轶事，那是二十世纪一个春暖花开的季节。

我漫步在村道上，水泥路被雨水洗刷得焕然一新，夹道边栽种的鲜花和桃树放荡地伸展着枝叶，雨滴和树叶窃窃私语。骑摩托车的人们穿着五彩的雨衣，被洗刷反光的小汽车，道路两旁瞬间绽放的雨伞，把宁静的乡村放在飘飘洒洒的雨幕中沉醉。

屋檐的水珠轻轻零落的弦音，水汽带着泥土和桃树特有的芬芳，不紧不慢地在空气中弥漫。被雨水冲淡的桃花暗香涌动，在我的内心深处飘浮而过，所有美丽的情节变得清晰起来。

在这样的雨色下，树枝花叶皆是画，桃花牵动着我的目光，雨丝裁剪着我的心思，我感受到了"雨声花秀，知春气暖"的盎然春意，不由想起诸如"人间四月芳菲尽，山寺桃花始盛开""满树如娇烂漫红，万枝丹彩灼春融"的诗句来。是谁的纤纤素手，将这千朵万朵的桃花染上了淡红、深红？那如诉的声息可唤得知音？我凝视嫩柔、纤絮的桃花，如柔情万种的情人凝聚着愁怨和惆怅的离别……

红红的桃花，浓浓的情怀。村里传颂着一个耐听的浪漫爱情故事，说的是一对同姓却无血缘关系、青梅竹马的青年男女破天荒地自由恋爱了，他们的父母认为这是伤风败俗、丢人现眼的事，对他们百般干涉棒打鸳鸯。这对年轻人冲破世俗相亲相爱，那年桃花初绽时，他们来到村前那棵百年桃树下约会，决定双双远离乡土。恋人相见，他拥她入怀，她抱着他无声地哭，眼泪扑簌簌如"桃花带雨"，至情至真的液体，打动了他一辈子呵护、疼爱她的心。后来，他们结婚、生儿育女，再后来，他们发达了，荣归故里……

我徜徉在桃树下，也想着知心爱人。仰头看雨露濡湿的花瓣，无声无息地纷扬飘坠沾于发间，我禁不住伸手将它轻轻收起，藏在心灵深处，留给两鬓斑白的日子。

细雨依依滴尽，桃花纤尘不染，花相似，人却别样了。

那棵"母亲树"

  桃子山可曾开过桃花不得而知,这并非我关注和探究的,它某年与脐橙树结义的前因后果,才是我对它倾注深情的理由。

  世居于桃子山四周的赤坑人记得,上山塘地带古树参天、溪水长流,这仅仅是这方水土自然生态的一种陪衬,它鹊起的声名在于饱含"红、绿"相间的永恒主题。20世纪30年代的那个深秋,一支突围红军打完桐梓岗之仗,迂折山道集结上山塘,攀老鸦紫挖壕沟筑工事,击溃大屋湾后山守敌,翻香山渡桃江漫漫长征。硝烟云散,层林尽染。60年代末,上山塘创办了国营信丰县园艺场,开垦方圆十多公里山岭种植柑橘果树。想必当初创业者拟择一块山岭规划栽桃树,遂将上山塘塘尾更名为桃子山,因为邻近种梨子的山就被唤成梨子山。但桃子山并无种桃树的迹象,却有了打着时代烙印的脐橙母种园。

  70年代初期隆冬某日,一辆拖拉机开进桃子山斜坡处,卸下两捆漂洋过海的脐橙树苗,标签上写有新奇的"华盛顿"中英文品名,工人们腾出半亩山地挖穴培育橙苗。因了橙苗落地生根实况,桃子山北面多了

"拖拉机站"的代名词,不过,它并非像塘尾那样以桃子山的更名传开。次年,母种园橙苗春梢蓬发,开枝散叶,长势旺盛,场里农技员采其细嫩穗条做试验,嫁接在半岭高那块柑橘树枝上。变了"性"的柑橘树挂上了脐橙果子,自此信丰脐橙悄然飘香。

  桃子山的橙苗日益高大、茂密,被连蔸带泥移植到鸦鹊塘苗圃。铲开第一锹种下去的那棵脐橙树苗,独树一帜地留在了桃子山盆地,我不清楚场里是否有心或无意安插这棵"独苗",反正安排了一名专职苗木园丁,一边育菜秧,一边精心管理它。或许桃子山的地理、气候、土质等更适宜这棵橙苗生长,它确实比其他橙树发育得快,树冠像一把张开的大伞,枝杆如一双双舒展的手臂,笑逐颜开地欢迎四方来客,结出硕大而椭圆的果子,酷似"肚脐眼"的底部外皮,代表着它独特而显赫的身份,人们敬称它为赣南脐橙的"母亲树",县里树了一座大理石石碑刻字做标识,可谓实至名归。

  中国农科院南方柑橘考察队来到桃子山勘查鉴定,得出安西种植脐橙条件"得天独厚"的结论。年复一年,鸦鹊塘沿线延伸出数千亩脐橙树,与桃子山片区的柑橘树面积平分秋色,园艺场随之换上了脐橙场的招牌,同时管辖周围三个行政村。于是,就有了桃子山为老场、鸦鹊塘为新场的地标别称。其时,赣南其他县尚未种植脐橙,这样,将安西定义为赣南脐橙产业的祖地着实毫不夸张。从某些程度上说,那棵见证了赣南脐橙走过四十多年历程的"母亲树",内涵是极其丰富的,底蕴是极其深厚的,给人们留下的印象尤为深刻,意义也尤为重大。

  我老家划入了脐橙场。农村实行生产责任制后,父亲改造二亩旱田,种上一百多棵柑橘树。一位堂叔做了场里的合同工,承包了三工区一块果园。那天,父亲随堂叔去到桃子山,面对那棵珍稀的"母亲树"感慨万千,苗木园丁如同久逢知己,拿起枝剪梳理出几扎嫩穗送给父亲。父亲返回自家果园,用水果刀将穗条切成一寸长度,一端削成如铅笔尖状,放入肥水桶浸泡一阵子。父亲锯掉柑橘树多余岔杆,像理发师清除附属枝条,破开一处处光秃秃的丫枝,插进一根根脐橙穗条(叫作"高接采穗"法),然后紧紧包裹一层塑料薄膜。父亲建了一个水泥蓄水池适时浇灌,沿每棵树边垂直挖成括号形穴沟,施下麸皮、草土灰拌水粪合成的农家肥。来年春暖花开时,丫枝接口处吐露毛尖茶般碧叶,它们遗传"母亲树"的基因茁壮成长。

80年代中期,我就读于安西中学园艺班,我的优势学科首先是语文,再就是侧重于柑橘专业课程。学校距桃子山仅一公里多,早上晨练或黄昏散步时,我与几位同窗钻进桃子山,"母亲树"静静地伫立在那里,观照着一垄垄青翠欲滴的菜地,守望着一片片橙红橘绿的果林。多个周末,我约三五个寄宿生勤工俭学,去桃子山割芦箕、挑肥料,给"母亲树"除杂草、捉虫子。毕业前夕,我们请来摄影师以"母亲树"为背景拍照,各自在它身旁做拥抱动作、亲昵表情。我年少时曾顺应脐橙情窦初开的潮流,搜集了一些"母亲树"的逸闻素材,写出一篇散文习作《秋景》,发表于《赣江文艺》函授专刊。这段文事让我兴奋了好久。

90年代,京九铁路穿境而过,赣南果业掀起"山上再造"一呼百应,信丰脐橙馨香四溢叫响中外。

也许是我创作过"脐橙"文章带来的缓冲效应,我没有跟随村里人外出打工,进了脐橙场干了一份"脐橙"活。我念念不忘那棵"母亲树"。场里来了一位戴眼镜的农学博士,做脐橙病虫害综合治理课题研究。那天,我骑摩托车带他来到桃子山,当他看到"母亲树"周边野生着一种开着淡紫色花朵的绿色植物时,眼睛一亮,摘下几瓣,闻了闻,脱口而出:真香啊,这可是脐橙益虫依附的藿香蓟!他告诉我,藿香蓟每年夏末秋初开花,瓢虫、捕食螨这些益虫在里面繁殖,捕食红蜘蛛、锈壁虱、蚧壳虫等敌害。如果在橙园梯带人工种植它,能最大限度地减轻脐橙的喷药危害。

我深受他的启发，携带了一扎藿香蓟给父亲识别，其实我家果园也长藿香蓟，可是勤劳的父亲哪里知道它的价值，早把它铲除得一干二净，别人家的果园亦然。此后，父亲保护利用了天然藿香蓟，还在梯带间隙大量套种，橙树基本上施用有机肥。遇有天牛飞来侵蛀橙树，父亲不轻易往树上喷洒农药，用针筒吸上药水注射树洞，搅坯黄泥巴堵住蛀口，这种笨拙且烦琐的办法果真见效，既使树体得到康复不至于枯萎，又规避果子沾到残留药剂带来毒素。父亲打趣说，他管出的脐橙看上去感觉没怎么出众，它们却"低调"得放心可靠。后来，这项"藿香蓟"技术成果一度在全县果园推广应用。

改革开放20周年，脐橙场实行改制，职工置换身份，个体承包经营果园，鸦鹊塘片区从桃子山片区剥离，归属于筹划上市的赣南果业，我被临时抽调到信丰筹备小组，协助主管做些上市基础事务，场里以108名"好汉"的名义，分配给在册职工申购原始股。那年，一个外地企业看中了桃子山东北边的陂头塘、葡萄山、半岭高果园，打算投资兴建一家大型生猪养殖场。引进这样的企业，势必会污染空气、排放污水，殃及桃子山一带大片果园，还有赤坑、兰塘村民农田及安西河支流上迳河段。场里果断尊重社情民意，杜绝禁养区畜兽饲养。安西圩寨背地段投标建房，几乎是种果大户出手购置，这条升级版的街道尽管跟唐人街不可比拟，可它有个饮水思源的"桃子山街"雅号，至今都挂在城乡居民的嘴上，让人无比敬仰。

在我离开老家十多年的光阴里，我与外地朋友谈生意、聊乡情，理所当然是着重拿脐橙说事，朋友听得津津有味，我顿感大长脸面。我看到权威媒体发布的消息，赣南脐橙品牌价值超过668亿元，信丰脐橙占据半壁江山，萌生返乡创业干出点名堂的意向。

2016年春节回老家时，我目睹大片橙树被病情摧毁，内心异常焦虑和犹豫。尔后，国家脐橙工程技术研究中心、中国赣南脐橙产业园、省级赣南脐橙小镇落地了,农夫山泉工厂进驻了……沉寂的鸦鹊塘如万山绿遍,空前热闹走红,"橙开二度君须记"这样形象的句子很自然地在我的脑海里活跃起来。我环绕桃子山转了一圈,那些原先荒芜的山头田垄间,轰隆响的挖掘机挥舞臂爪整地开带,宛如当年果业大会战的情形,清澈了我渴望的眸子。一群村民面朝"母亲树"石碑鞠躬,把香火引进新开果园、新建居所,以示"硕果累累,子孙满堂"。我跟父亲促膝商量,猪牯湾那块山重种脐橙树,"白领"堂侄提出联手合股投资,父亲当即挺直腰身拍板同意。

如今,"母亲树"已老朽归土,但那座石碑还在,仍旧意犹未尽,它在桃子山等候人们随时去解读。

第三辑 乡野况味

赣南酒道

赣南人习惯于饮米酒,而且颇有讲究,远方客人来到这里,就能从中领略到"客家亲,摇篮情"的风韵和魅力。

赣南人的盛酒器普遍是葫芦状锡壶,有"三不能"的说法:装酒不能满,酒倒入杯中不能溢,壶中酒不能空。

在乡镇路边的酒摊上,不论是谁,落座下来,便有饮酒的资格。摊上备有盐煮猪耳、酱油腐竹等下酒物。饮饱吃足后,你按行规价付完酒钱,剩下的零头数主人不会计较。但要注意,酒主人把酒递给你时,万莫推推让让,以免引起主人的不快。饮够了,将碗降降,主人也就从此不再添。如有事需离开,临时道个谢,主人会开心地祝你"一路顺风"。

集市小酒馆里,经常可以看到酒客们一边开怀畅饮,一边欣赏赣南老表喜闻乐见的民间曲艺"古文"弹唱。音乐以二胡伴奏,吸收了赣南民谣的独特风格,唱中有说,说中有唱,腔调优美婉转。酒客们特别喜爱,学着里面的过门逗乐,有的酒客一杯酒从早喝到晚也喝不完。

逢到参加宴会的酒席,规矩就多了。上席轻易坐不得,那是给年纪

大、辈分高的人准备的，然后依"梁山英雄排座次"各就各位。"七不等一"，中途入席者不受欢迎。迟入席的人明智地先喝上一杯，方可得到原谅；否则，一罚三杯，不喝，好事人就往口袋里倒，叫你"吃不了兜着走"。

若主人在席，酒壶自然归主人掌管，宾客是动不得的。主人一开始添酒，先是一口量大，停一下，如你的确闻酒自醉，饮多饮少，主人都高兴，也就不再往下添。一旦你动手挡了他的酒壶，那他会毫不顾情面地训斥你一顿，甚至不欢而散。

饮酒时，第一杯是喜庆酒，第二杯是祝福酒，第三杯是交心酒，到了第四杯就是"落水狗"了。因此，赣南人不容易醉酒。

如今，少数老年人还坚持着那一套酒道，对年轻人的"违规"行为虽存不悦，也只在肚子里嘟哝，不再把壶甩了去。愈来愈多的酒客则打破了这古老酒道，以新的文明礼节替代。众多酒馆里唱响的"古文"在继续保持和发扬传统唱腔风格的同时，也配上流行的摇滚乐、卡拉OK，制成了影碟，进入了千家万户。

安西"老爷会"

信丰县安西镇的村落按当地风景名胜、古迹所在地划分为上堡、中堡和下堡。靠近河连山"老狮喷水"瀑布的那方村落叫上堡;毗邻"热水湖"温泉的那方村落叫中堡;山石楔有"仙牛迹"的那方村落叫下堡。"安西三堡"的风情习俗独特淳朴,客家文化韵味颇为浓烈。

数百年来,老表们每年农历八九月,尤其中秋前后农事稍闲时,就会轮流在中午摆开宴席,相互宴请亲朋好友,这种乡风民俗叫"老爷会"。老前辈说,"老爷会"因人们对康王福主的崇敬而流传下来。康王福主是南宋第二代皇帝宋孝宗给抗金名将岳飞、张宪、岳云所敕封的谥号,岳飞为康王大福主,张宪为康王二福主,岳云为康王三福主。岳飞、张宪、岳云抗击金兵的事迹影响深远。另据民间考证,文天祥也曾到过安西(先前称"安息"),与"老爷会"有缘。

安西人重人情。"老爷会"以屋场为单位选择日子轮流举办,家家轮流做东,请亲朋好友到自家来做客。从上堡开始,至九月中旬,延伸到中堡结束。有句古话说"人情到,禾种粜",就是说手头上再紧张,到了这个季节,也要"打肿脸来充胖子"风光一下。哪家轮到请"老爷会",主人提前一个星期左右就会向亲朋好友传口信,被邀的客人必赴不可,遇急事征得了主人同意方可缺席,否则主人就会认为是"失信",从此与他断绝交往。

"老爷会"那天,村民一大早便成群结队、敲锣打鼓、"噼里啪啦"地鸣放鞭炮,到宗教寺庙海螺寨去杀鸡宰猪祭拜,然后把寺庙的香火引回家,放在家中的厨房里,以示"人丁兴旺、代代相传、吉祥如意"。

这种"老爷会"以"吃"会客,在各自的家中举办,其乐融融。主人款待客人的素菜较为丰富,有木耳、香菇、笋干、板栗、松子等,均取自于自家菜地或从山里采集,荤菜有田鸡、水鸭、泥鳅、黄鳝等,汇集成每桌丰盛的"九菜一汤"。主人家孩子也可以上桌。炒农家特色菜是主妇们的拿手戏,哪一家的菜肴优劣也就足以彰显主妇的厨艺。

赴会人不分男女、不论身份,还可带孩子出席,一般会带些水果、鸡蛋、饼干之类的见面礼前往。一进屋,一番亲热的寒暄后,主人便笑嘻嘻地泡上一壶热气腾腾的茶,端出花生、瓜子、南瓜条、芝麻酥、橘子饼、炸粉皮等香喷喷、咸津津的食物款待亲朋好友。

陆续前来的老表们坐定,各人打开话匣,议论各家农作物的种植、收成、销售等。然后话题便展开来,大凡涉及农家耕种饲养、封山育林、衣食住行、子女孝顺、婆媳和睦、计划生育、致富信息等,相谈甚欢。有表嫂们在时,气氛就更加浓郁。俗话说,"三个女人一台戏",免不了说东家长道西家短,但着墨不多,往往是点到为止。为了活跃气氛,上堡的客人争相讲些笑话,让在座的下堡人听了笑脱牙齿,下堡人也会回敬一些小段子。

"老爷会"氛围最浓的时刻莫过于猜拳行令了,他们叫"划拳",男男女女可以一齐上阵。事先把桌上的筷子收集起来,编成六根一组的叫半年,编成十二根一组的叫一年,并说定规矩,然后每两人一组对战,由一个没轮到的旁观者充当裁判,三局定胜负。紧接着,一句句节奏和谐、斗智斗勇的"拳发手,高升,贵!""一丁、四季、七桥、八马、满堂红!"的比拼声此起彼伏,谁喊的"拳语"与双方一起伸出手指的个数总数相吻合,谁就能获得一根筷子,谁积累的筷子最多,谁理所当然就是胜主。不管年纪大小,最后划输者日后见面打招呼时就要称赢者为"师傅",直到下次赢了对方,这个敬称才可"改朝换代"。

猜拳之余,客中的活跃分子会念起当地的打油诗:"老爷会,乐陶陶,你来我往好逍遥,快活出门步步高……"这时,"老爷会"接近尾声,老表、表嫂们沾着一身欢乐,心田暖暖的,人生不痛快的事也便忘记了,向主人道一声"多谢",主人双手作揖,欢送客人出门,说一声"下回再来"。

走进安西"老爷会"的细部,能触到它有温度的情感和情怀。安西"老爷会"是赣南古文化的一种遗存,是客家民俗的响亮音符,已深深融入客家文化的血液之中,永远不会被漠视和遗忘。

麻雀唱晴空

盛夏的南方乡村,像典雅质朴的女子一般丰盈妩媚而含蓄,渗透出从远古年代漫来的厚实缨须。那一座座村落和山巅,如一幅幅荡涤心肺、酣畅淋漓的中国画轴,涂抹满卷的缤纷娇艳。

一望无垠的田野,起伏律动的庄稼悄然成熟,古色古香的村庄四周常见成群结队、体色褐黄、精灵活络的小麻雀,不时掠过山川原野和水泽田园,追逐浅浅的天空,吟叫出妙趣天成、惹人心动的"叽叽喳喳"的起落声,昭示季节的轮回更迭,村民称之为功夫不凡的"农时播报"鸟。弓背劳作的村民们侧耳凝神地听着麻雀浅唱,眼神中跳荡出一道久别的亮光,粗布一样起皱的脸盘上立时浮起一抹喜气,嘴角边发出一声悸动的感喟。

在一个烈日炎炎的午后,我走进这方水墨乡村。那如临盆妇人一样的水稻,早已按捺不住腹内蠢蠢欲动的生命,凑合成一汪亮眼的金黄色泽。开镰的日子,村民掸去闲了一冬一春的打谷机上蒙满的灰尘,取下墙角上锈迹斑斑的镰刀,在青石板上用手蘸着水,"噌噌"地磨得铮亮锋利。他们先看风识云，然后瞧瞧飞过的蜜蜂、蝴蝶和爬行的虫蚁，闻闻空气中的湿气，进而判断天气变化。当他们看到群群麻雀扇动轻巧的翅膀在屋顶、田野、树枝或空中翩跹飞舞，像一泓短急的溪水游进深谷，沾些溪草和涧树的露气回荡着鸣叫时，会说"麻雀喳喳叫，天气必定好"，意味着十拿九稳是晴天，正是催促村民夏收的最适当时机。于是，整个村庄沉浸在夏收前的紧张和兴奋之中。

黎明时分，丰收的乐章开始奏响，静谧的乡村沸腾起来。扑入视野的是一簇簇头戴草帽的村民排列在梯形田畴间，然后他们屈腿弯腰快速行走在稻田里，狂舞着饥渴的镰刀，喘粗气，滴汗粒，撩起排山倒海的稻浪，沙沙地切开稻秆，稻穗纷纷伏下沉甸甸的身躯，齐刷刷地与泥土相吻。打谷机挟着阵阵风浪，轰隆隆地来回穿梭。转眼间，平坦的稻田立时被分割成片成块，大堆大堆的稻谷收入囊中。村民们把稻谷装入箩筐，挑上田坎，倒进小四轮车上，运往晒场，窄窄的田间道路如一条条长龙在欢跃。这时，灵敏的麻雀聚拢在青天一处奔突往还，飞插入云，继而又雪片般围紧在稻田周围，在稻田和村民草帽之上扑棱轻翅，千姿百态，像是一朵朵绽开的金黄色芙蓉花蓬勃招展，给阳光、田垄、水稻、镰刀增添了生气，跳跃出浓酽的乡村美妙情愫和时尚意象。

与繁忙多姿的田野融为一体的杨柳河岸，也别有一番祥和气象。缓缓远流的河水色澄碧见底，水草茂盛堆绿叠翠，幽香萦绕熏得人醉。农家饲养的水牛牵出栏舍放逐出来，安逸静谧地吃着河边的嫩草，时不时踱往河边饮水。草足水饱隆起圆鼓肚皮后，它们卧进浅水泥潭里嬉戏休闲，滚一身泥浆，然后凑到就近的树下偎身摩擦，擦去身上的蚊痒，又一个猛扎钻进河水深处打着旋涡没了声息，一两分钟后陡然浮出水面，从两只鼻孔里喷出水柱，摇晃几下耳朵，发出长长的"哞哞"声。

水牛悠闲自在的表演，劳作的村民无暇观赏。俏丽的麻雀舒展羽翼，或跳到牛背上模特表演般走来走去，或干脆攀立牛角上权当枝条悠闲地梳理羽毛，或趁水牛低头啃草时，抖擞那股灵动的劲头，在水牛嘴边穿来绕去。水牛平静乖巧地接纳着，仿佛这么朝朝暮暮与麻雀相依相伴是一种美轮美奂的情投意合。我深深地融入了这种浪漫的声潮中，双脚丈量着田地的肥沃，眼光测试着晴空的高远……

夕阳隐去，暮霭聚集，村里的灯光次第闪烁，各种声息进入宁静和安详。灯影之外、夜空之下，那归巢麻雀"叽叽喳喳"的声声鸣唱如一支婉转动听的乡谣，在我耳畔经久荡漾，打动我不同寻常的心魄。

新版家园

　　我蜗居的城市小区，是个重新组合的村庄，它依宽敞的国道、绵长的铁路，靠青翠的南山峻岭，眺滔滔远流的桃江河畔。一株株垂柳迎风而舞，梳洗小区纯朴俊俏的仪容；一座长虹卧波的拱桥，衬托出小区宁静幽雅的柔情。一应俱全的健身房、篮球场、游泳池、图书室，如银河的星星洒落在楼宇的各个部位，称它为"新版家园"也算贴切。

　　行走在镶嵌着圆滑光溜碎石的曲径上，有回归乡村怀抱的轻松畅快感觉，心绪也随之穿越时空飞向遥远，小区原先的模样便清晰如镜地勾勒出来。许多年前，这里是一个村庄，一排排瓦房前是连绵的稻田，村民们在这方水土上年复一年地演奏着生活乐章。农闲时日，村里人在禾场上、屋角边、月色下拉家常说丰年，一支水烟斗传递着乡情，一碗山茶呷着无尽韵味，一村人就像一家人，一样的淳朴，一样的勤劳，一样的方言，一样的和睦。每逢过年，家家户户贴春联，祈求新春吉祥；爆竹声声入耳，燃烧着希望。孩子们手拿红包，穿一身新衣，喜气洋洋地唱着童谣。一姓人就是一族人，一样的祖宗，一样的祠堂，一样的血脉，一样的习俗，一样的虔诚。

记忆悄然淡去，时代接踵变迁，扩张的城市向乡村延伸，村庄的土地被征用开发，浓墨重彩地圈入了规划区域。门前屋后的空地成了城市的道路、城市的绿化带和城市的板块方阵。村民把补偿金贴在钢筋水泥的小区，建造一幢幢楼房，紧接着情感、品性和观念也发生变化，与城市融为一体。

村庄演变成小区，吸引了一批批外来工，操着南腔北调来到这里寻梦，民工潮在小区四周汹涌。卖烧饼的来了，烤羊肉的来了，补皮鞋的来了。各式人群，各种打扮，各样心境，各样禀性，各自谋生。他们来了又走，走了又来，进进出出，出出进进。外来人的进入打开了小区人的眼界，小区居民开始以另一种方式日出而作、日落而息，再不是小农经济、自给自足。有的靠出租房屋坐享其成，有的进工厂打工，做木工、泥水工、搬运工……修门窗、砌围墙、搬货物、收废纸、清垃圾——总之，小区人的行业五花八门，不亦乐乎地打破了保守的节律，搅动了遗存的文化积淀，演绎出小区纷繁的浮世图腾。

小区有人别出心裁地在入口处开了间美食坊，竖立了一块醒目的牌匾，上面书写"开心家坊"四个字，字体意趣天成，经营"钻骨香烫皮""三鲜萝卜饺""民间雪花豆腐"等传统小吃，以土俗和特色吸引食客的眼球，而且货真价实、色香味俱全，为城市悠久的饮食文化平添了几分亮色。每到夜晚，"开心家坊"灯火通明，顾客来来往往。无论盛夏之夜还是隆冬之夜，夜夜如此，生意出奇地火爆，好像顾客们就是喜欢这种气氛、这种环境、这种味道。他们在这里除了品尝那些美味的小吃之外，还获得了一份无拘无束的洒脱与欢愉。

小区的另一隅又别有情致，不知从什么时候起出现了一家咖啡屋，既有写字楼的现代气息，又有文房书屋的厚重氛围。木制的座椅陈设其间，淡黄的光线如同抹成均匀的胭脂，涂在了墙壁、椅子、座位上，窗棂门楣雕镂着精细的花纹，略有空闲的走廊处摆放着各种式样的书报杂志。有妙龄女子从楼前款款经过，有意或无意地在人丛中流动出道道绚彩，点缀着幽静的音符。

常常在黄昏时分或周末，一些小区人携同恋人、家人或朋友到咖啡屋坐下来，聊聊天，看看报，拂去一天的劳累和烦恼，收获一种悠然的畅快。他们品着那热气缓缓升腾的咖啡，话题随一股股郁香轻捷迂旋延展，涉及股票、基金的涨跌和彩票的中奖。也常有背着笔记本电脑的人独自行来，选择一个僻静的角落铺开屏幕，顿时，让更深层次的东西弥漫开来。走进咖啡屋去丰富业余时光，已成为小区人的生活时尚。

小区的成长和演变，抒发了原汁原味的人文情韵，不仅变更着古老村庄的内容，品咂着现代城市生活的新意，也改变着小区人。

乡情如笛

离我住处百米之遥的小巷，有一对来自北方的年轻姐弟，开了一家北方特色小餐馆，磁铁般吸引着一波波打工族。一个细雨洒落的夜晚，我拖着疲惫的身子回来，肚子饿得咕咕叫，推开窗子，正好看见餐馆里还泄出幽亮的灯光，于是我捷步走近。

半敞的卷帘门下，姐弟俩在柔和的灯光下并排坐着，弟弟仰起脖子，娴熟地吹奏起悠扬的笛子乐曲，姐姐用手和脚打着节拍投入地跟着轻唱："夜深人静的时候，是想家的时候……"笛声和歌声从屋里溅出，飞扬芬芳，摇动梦幻。

街上黑咕隆咚，他们没有发现我，一直忘情地一吹一唱。我被眼前的场景打动，一种身在异乡的漂泊感像无边的潮水漫过心头将我浸没。

笛子是我最喜爱的一种乐器，我年少时在乡村生活，见得最多的是笛子，听得最多的是笛声。物质贫乏的村民想充实一下精神生活，但买乐器困难，笛子是很容易到手的乐器，他们砍来竹节长的小竹子晾干，便可以动手制作笛子。在竹子上画一条直线，画出八个圆孔的距离，用磨得锋利的小刀挖出圆孔，用嘴吹的圆孔稍大一些，发声的圆孔次之。笛子做成后，找一根破土竹笋从中间破开，将竹衣（竹子里面的一层薄膜）取出粘贴在发声的圆孔上，笛子便可以吹奏了。

村子里有位年过七旬的大爷，年轻时吹笛卖艺闯荡了大半辈子，在病魔缠身之际对笛子仍爱不释手。一个夏日黄昏，他挂根拐杖支撑羸弱的身躯坐在家门口，拿出一支笛子，简短的试吹之后，大口大口地吹起来，笛音中夹着混浊的哮喘，仿佛人世间所有喜怒哀乐均化入翻飞的指尖及收缩的腮帮里，飘飘忽忽地游进人们的耳朵里，钻进散发着柴草烟味的屋子中。几个晚归的农民赶着牛，从他家大门口走过时，也频频回首……笛子声也牵引我驻足恭听，直到灯盏亮起，喷香的饭菜扑鼻，母亲大声呼唤我的乳名……我才恋恋不舍地回家。

我小时跟村里人学吹笛子，最初学吹《东方红》等简单的曲子。学吹笛子给我带来了许多快乐。放学回到家，有时看书累了或不用做作业、做家务时，我就会拿起笛子，跑到小河边的树林中吹一阵子，笛声伴随小溪流水，连同我的期盼朝远方奔腾。

一位英语老师吹得一手好笛乐。在那月光轻柔如水、凉风习习、柳枝摇曳的夜晚，听他吹笛子，笛声和着虫蛩的鸣音在校园里回荡。我央求老师进一步教我识五线谱和吹笛技巧。英语老师帮我邮寄来竹笛，音质比村里人手工制作的笛子好多了，吹起来声音圆润悠扬。后来，英语老师教了我许多古今中外的笛子演奏曲，那些曲子听来特别优美，让人心情舒畅。

那年五月，我到桂林出差，饱赏漓江风光后，来到民俗风雅的宜州"刘三姐故里"，住在一个古色古香的宾馆里。在那个静穆的晚上，我同朋友们一起观看壮族姑娘表演歌舞，我坐在座位上静静听、默默看。忽然，一名妙龄少女手持一支笛子走上舞台，笛音扬起时，我站起来喊："太美了！太美了！"仿佛激昂的笛孔里吹出的每个跳动的音符都装载着我内心尘封的记忆，慰藉着我这个南方客人。

　　故乡盛产脐橙名扬中外，脐橙开剪采摘时，会举行一次别开生面的脐橙招商洽谈会。那年深秋，乡里组织了一支民间艺术团助兴演出，一位盲人乐手凭借一身高超的技艺，用笛子独奏了《哨妹子》《进广东》《钓拐》，前来观赏的众多客商异常兴奋，纷纷掏出照相机拍下一幕幕精彩瞬间，并当场同村民签约。笛声奏出故乡秋天的迷人色彩，以及村民们不辞辛劳的收获喜庆。

　　"哐当"——卷闸门收起的沉闷声响打断了我天马行空的思绪。我不想进去打扰他们，转身返回。此时，豆大的雨滴弹动我挂满热泪的脸颊，我没有伸手擦拭，因为它溶进了我儿时的乐感和抹不掉的乡愁。

大桥的况味

一

大桥不是桥,而是一个镇。

大桥祖先从远方伸过手掌,在时空根部长出叶脉。据有关史料记载,大桥西北部的竹村袁姓屋场,始祖为袁氏二十七世祖枢公的次子袁明,他曾任江西南康郡丞,隋大业末年(618年)晦迹韬光回籍无望,便占卜处世境地,选择了信丰公田坊竹村创基立业,因此有了大桥的雏形,先于建县于大唐永淳元年的信丰,成了"先有村,后有县"的印证。

竹村的袁氏宗祠"袁远流长",是极具客家古民居特色的代表性建筑。石块和灰浆砌筑起的墙阶,层层叠叠,高低错落,如橘瓣状排列;屋脊雕刻着凤凰、孔雀等瑞兽祥鸟图案,两端翘成牛角形状;前楼龙云吻兽,中楼拱木栅栏,屋面"人"字形舒展,天井排水,寓意"财不外流",如府第、宫殿般壮观,一派江南建筑风格。

宗祠厅内竖立柱子，刻写了对联"源溯隋唐昌承百世心系中土恢先绪，德弘章贡宗继千秋名贯五岭起宏图"，右墙上方立牌匾"传汝南风范，添竹村神采""耕读传家，厚德育人"。正厅祖牌前有一处戏台，看得出来这是一台多用，可放祭奠品，还可演戏。据载，宗祠里演戏时，曾有近千人观看，戏台后的墙壁上，留有古人家训、家规、家风的"涂鸦"。这些文字凝聚着村民、匠人的心血与才华。宗祠见证了大桥昔日的繁华，传承着天地敬畏、祖宗信仰、仁爱民本、诚信正义、安详温暖，积聚了与乡土风物有关的深沉记忆。

南宋著名诗人陆游在《游山西村》中生动地描绘出一幅色彩明丽的农村风光，对淳朴的农村生活习俗流溢着喜悦、挚爱的感情。大桥与之是何等的神似，譬如最早被誉为大桥三景的"屏山春色""湖塘月夜""武岳秋容"，可谓"竹节凌云竹苞松茂无穷尽"，这跟信丰县城"桃江八景"有着异曲同工之绝妙。像莳田割禾、踩打谷机、风车车谷这些耕作方式，补鞋补锅、打铁磨刀、编篓弹棉、打爆火花、火炙米酒这些手艺行当，采茶戏、马灯戏、大堂花鼓、香火龙这些曲艺表演，天人合一，相映成趣，无不彰显着大桥"村风尚朴，村实家丰"，人与自然和谐相处、文化与生态珠联璧合的风韵。

二

大桥春媚夏艳，秋旷冬朴。

油菜花是大桥的特色方言。春天来临，大桥清澈的河流如期抵达，馨香的油菜花次第盛开。一座山环就是一个水面，一个水面即有一个村庄，一个村庄就有一座小桥，一座小桥即为一幅景色。禾溪村那片二百亩油菜花，集日月精华，汇天地性灵，四射金色光泽，蜂飞蝶舞嗡嗡作响，仿佛吟咏清一色的民谣。

荷花是大桥的娇美容颜。盛夏，青光村的荷塘与客家骑楼心心相印，荷花如待嫁闺秀，闭月羞花，含情凝睇……荷塘边，每一段弯曲的驿道，每一棵苍翠的古树，每一处清澈的水泉，都有一个关于荷花的传说或故事。有传说和故事的荷花怎能不产生爱情呢？诗人杨万里《红白莲》应是极美的佐证。荷花与佛果有缘吗？那是肯定的。据传，释迦牟尼和观音菩萨对莲花情有独钟，用莲花做座，寺院里的佛像乃至佛塔多以莲花为宝座，信男善女们仰望莲座，俨然神容，顶礼膜拜。大桥怒放的荷花，无不蕴透着纯洁、平等、乐观、慈悲、恭敬的情怀……

倘若说大桥之春是"黄萼裳裳绿叶稠"，大桥之夏是"碧荷生幽泉"，那么，大桥之秋呢？那就是被层林尽染的火龙果映成五彩斑斓的"八月花"。火龙果代表吉祥，是一种美好的祝福，还象征着贵族式的爱情，意味着"我不在乎你富贵与否"。火龙果作为一种热带水果，正常生长要求气温在10℃以上，而火龙果在大桥成功种植并保证品质并非易事。8月，大桥火龙果成熟进入采摘期，一直延续到11月。火龙果连同油菜花、荷花、葡萄、泡菜和高脚菜心等成就了大桥特色农业观光采摘园，着实让人找到了"除去万千烦恼，暂且把心放下"的感觉。

大桥70%以上的村民是客家人，主要来自五华、梅州、兴宁等地。多少年来，大桥人依靠土地仓廪殷实，商品经济盛极一时。姑且不提古旧的大桥，扫描一下20世纪七八十年代，就知晓大桥镇因煤而兴的光环，那里有大桥发电厂、赣南大桥煤矿，时有信丰"小香港"之称。

大桥老圩若干年前留存下的房子经历不凡，有着深邃的底蕴，它们泛着紫灰色，长满杂草，爬满藤蔓，坚守老去的光阴，眺望泼墨的远山。而今，在它的周围，后起的盛世图腾遍地升级着……大桥新街焕然一新，美化绿化亮化，人行道彩砖铺设，停车位和斑马线井然有序；新居楼、敬老院、公办幼儿园、文化小广场一应俱全……人行木桥、吊桥、水车、农具展示、巨石灯影，掀开了雾霾阴影，让人体验到大桥人的自由浪漫、自足自在，让心灵找到了归宿。

三

吃在大桥，指的是食物小吃味道别样。大桥小吃融合中原烹饪和古虔百越人后裔山区饮食文化特色，形成了鲜、辣、酸、香的大桥风味，即使平常的食品，一旦经大桥人的巧手，也能翻出新花样来，折射出客家饮食文化"和"的含义，正如《礼记·乐记》中所说的："酒食者，所以合欢也。"

每年阳春三月，大桥人习惯制作艾米果。他们大清早提着篮子，从野外摘回细嫩的艾叶草，洗净捣碎，掺和米浆蒸熟，艾米果包裹酸菜、竹笋和肉末。艾米果表皮光滑，色泽翠绿，清香扑鼻，甘中带苦，质柔性韧，食而不腻。他们热情地邀请远方的亲朋来做客，端出香喷喷的艾米果款待。而城里人在这个季节来到大桥，一是踏青赏景，二是品尝艾米果，悠哉乐哉。

草米冻是大桥的一道名点，大桥人上山采来仙人草，与米浆熬成凝胶，形成碧绿的仙人冻，配上辣椒酱等佐料，几盆草米冻上桌，万绿丛中点点红。大桥的草米冻做工繁杂。他们先采来野生仙人草熬汤过滤留下绿汁，同时将稻米装进桶子，清水浸泡约一个时辰，推转石磨磨浆，然后倒入锅内烧旺火加热，再加入仙人草汁混合搅拌，一锅白米浆瞬间变成绿米糊。待煮透后，拿木勺舀起，放入竹制簸箕内冷却成团，过个把钟头，持菜刀均匀切开，随时可持筷子夹到碗里。到了冬季，大桥人从田土里挖回番薯，洗净切成细片，装进饭甑蒸熟，垫上薄膜摊开晒干，番薯干黄中透红，质地松软耐嚼，既充饥又享受口福。

酿豆腐是大桥一道名菜。原先在中原的客家先民常用面粉包饺子吃，迁徙到赣、闽、粤后，他们就以大豆为原料做豆腐，继而想到把猪肉剁成馅、面粉擀皮能包饺子，就尝试着把肉馅包进豆腐里，顿感味道格外鲜美，于是这道菜便流行开了。如今，大桥人归纳出一套土秘方制作酿豆腐，令客人们品呷出情调，啧啧称赞，有句调侃的俗话说"吃酿豆腐，到大桥去"实属善意。还有一种叫烫皮的食品，以大米为原料，配食盐、大蒜、豆胚、泡浸、磨浆、蒸熟。米浆细腻、烧木炭火蒸出的烫皮，薄如纸且鲜嫩透明。每年秋末冬初，每家每户晒干烫皮，然后剪齐放进粮仓，来日取出砂锅炒或花生油炸，口感香、酥、脆。

　　大桥的精神食粮当数本地曲艺。舞香火龙是一项场景宏大、气氛热烈的民俗表演娱乐活动，特定在春节期间举办。据传，"香火龙"最早起源于祀龙止雨水。香火龙扎稻草、竹篾，龙身插香，造型威武，结构精美，长达数十米。大年初二那天最为热闹，夜幕初临，八角村的村民们点燃龙香，龙体火光闪烁，似点点繁星熠熠生辉。领队的小伙子手提火球，十多个人紧跟着举起棍子，甩臂挥舞，来回穿梭，干劲冲天。经过村民家时，每户人家都点蜡烛，放鞭炮烟花，以示迎接龙的到来，象征年年好运、日子红火。

　　大桥人还时兴农历正月表演马灯戏（又称"竹马戏"和"跑竹马"），初三、十五起灯，二十一收灯，称作"夜灯"。竹马以竹片做支架，蒙上彩纸或纱布，马首颈带鬃毛，马臀后带条长尾巴，马首、马臀中空，插点燃的红烛，栩栩如生。马灯戏班一般有10匹竹马，各5个男女组成，大型的马灯戏班则多达20余人，演员年龄在8岁至15岁之间。演戏时，演员腰前系马首，腰后系马臀。演出前，马灯戏班要先到佛殿前拜，再到祠堂下拜，然后进村跑竹马。后来，跑竹马穿插唱小调、演小戏，丰富了积极向上的内容。

　　农闲时节，大桥人自编自演赣南采茶戏，每出戏一般由生、旦、丑三人表演，又叫"三角班"，结合当地方言，诙谐风趣，乡土气息浓郁。

流传大桥四五百年之久的大堂花鼓，出自古典戏中打花鼓之一折，题材来源于乡村生活，故事性强，节奏明快，曲调活泼。它曾经是大受欢迎、辉煌一时的经典戏种，已被列入市级非物质文化遗产。

　　大桥独特的乡俗和韵味，像田地里的庄稼，积攒一茬茬收成，散发出陈香，由近及远，此起彼伏。

花历流芳

一

赣南新田镇东南边陲,被时光指派而生的花历村,深藏着不可多得的原色风貌。

大凡村名来源于因"象形"或存在某种关联而取之,花历亦然。老早,花历的一个坑头地形胜似花朵,长满开枝散叶的花蕉树,袁、陈、黄姓等先祖相继迁入开基,遂称这一带为花历。衍生二十多代的花历人家分居十多个屋场,譬如袁姓从坪地山迁入排下,陈姓从祠前迁入云汗石,黄姓从铜锣丘迁入下黄屋、船形上,皆流淌着中原血脉。村子三面环山,色彩缤纷,极具特色的要数五月茶花怒放,八月桂花飘香,红千层四季通红,山里开花山外香。源于金盆山板嶂的溪水,蜿蜒流经花历村九里路程,至夹水口河道出圩上注入新田河,然后经金鸡、大桥汇合于古陂河奔涌桃江。

从信安公路朝安远方向，右转弯进入花历环村公路，沿途的花卉景观带与茂密森林交相辉映。当初，这里是古陂石背圩通往安远、寻乌、广东梅州的驿道，过往行人经云汗崇歇上一肩，去崇脚下的夹水口舀水解渴。传说，古时有一位罗汉，从九江沿水路护送五条鲤鱼上花历的龙凤山，鲤鱼游到夹水口河道弄错了水道，其中一条鲤鱼游向墩背河产卵繁殖，另外四条鲤鱼游进淹湘河（也叫盐湘河，在库背村），因河里含有咸盐成分，这四条鲤鱼中毒无一存活。罗汉以为鲤鱼暂时失踪，火速禀报了神仙，神仙指令他就地等候。罗汉听闻，惊出了冷汗，使劲跺脚，天上飘下白云覆盖山顶，山间大块石头摇摇晃晃，纷纷跟着他冒出"汗"珠，聚成一道道小溪透到夹水口。罗汉搭建起亭子留驻山上，亭子北面正好可俯视淹湘河。罗汉在山上修身养性，日子过得安逸，却仍忧心忡忡。他下到夹水口养鱼，早晚蹲守河边，期盼鲤鱼重现，来日向神仙交差。山下农田肥沃，村民勤耕细作。有一年夏天干旱，罗汉见村民"戽水上坎"，心生怜悯大发慈悲，说道，天要下雨，莫再戽水，把水源引向农田应浇灌之急。云汗崇之名由此而取。多少年来，山上树木成荫，冬暖夏凉，四时幽静，唯闻鸟语。二十年前，当地村民在"云汗亭"原址重盖了一间土木房，塑了十八罗汉樟木雕像，摆放在屋内正中央，瓦梁上蝙蝠飞进飞出，亭子四周地面火砖长出青苔。驿道痕迹依稀可见，堆砌的细石块、马条石还在，诸多奇形石、怪状石壁下果然渗出似汗珠的泉水。

以云汗崇的地理为依靠，夹水口的清水为哺育，崇下诞生了一个叫"云汗石"（又叫"云汉石"）的村庄。据《信丰县地名志》记载：云汗石，村后山上石壁常有汗珠似的泉水渗出，因名。陈姓从新田祠前迁此已二十二代。而坪地山村人则这样传说，村进口处有一尊方形巨石，与小溪对岸的石壁崖相对应，形成一道"石门"，这条长迳叫"石门迳"（大塘埠镇光甫村也有一个石门迳，其传说与此大同小异）。有位神仙肩担两块巨石前往某处（指夹水口）建造水陂，路过新田时天刚破晓，鸡鸣四起，神仙怕泄露天机，就把两块石头丢下升天去了，一块石头刚好落在坪地山入口处，成了路口的"社官"，另一块落在花历村内，这个村庄取名"云汗石"。两种传说都是神奇的、令人津津乐道的。

云汗石村头前竖了一处砖垒高大牌坊，右拐进去便是两进一天井式的陈氏祠堂，看得出来它经历数百年的沧桑，以及它顺应潮流的印记，因为内墙粉刷过泥浆石灰，主厅台上方依旧留着写有"毛主席万岁""忠"字的隶书标语，这跟邻近的祠堂确有区别。据本屋场老族谱记载，陈氏鼻祖为瑞彩公，唐敬宗年间（约818年）由洪都辗转至新田开基立业，传下十八世至惟四公，因元朝兵乱前谱已失无从再往前考究。惟四公传下崇远公，明朝建文二年（1400年）复业新田，先娶彭氏继娶胡氏，正统丙寅年葬于夹水口鸦鹊塘蛇形，彭氏殁后与他合葬一墓。崇远公和胡氏生四子，其中三房陈让以明经仕（一种科考）迁于湖南茶陵，崇远公被尊为新田司前陈氏后裔的始祖。生于正统辛丑年的胡氏，给后代传导"忠孝礼义"家规的举止被当地人广为传颂，她殁于宣德乙卯年，葬于信马迹背蜈蚣形巳山。胡氏古墓20世纪80年代被江西省文化局列为不可移动文物遗产。云汗石陈姓支脉分布于对门坑、围下、新坡坝、锦背田，有迁徙于安远五龙堡、会昌格背、南康湖头堡、永新东乡的，也有远徙四川、湖南、广东、陕西等处的。

花历村与时俱进，紧跟时代步伐，整体规划社区、新村，连同云汗石在内，一幢幢楼房平地而起，老房子原样不拆，加固墙基，铺上琉璃瓦，村民着手修葺祠堂、牌坊，记住乡愁。

二

穿云汗石，过拱桥，有一个叫半圩的村庄，旧志载"半圩由水路可直达赣州府",这实际与夹水口河道一脉相承。其时,一百多户人家居在半圲,山坑中部开设过多家铺店,除无布匹外,其余物品一应俱全,形成一个深山圲市,故名"半圲"。半圲出过文武官员,有一武将力大无比,可以独手举起磨盘大石,被人称为"磨石官"。

半圲河对面的鹧鸪坑下的俺排山,依后山建了一座寺院,立于两面青山的直角之中,像被青山紧紧抱住,远望房子像一栋普通农舍,寺前一处"社官树",左侧圳水往右边流去。寺院主房门壁上题"甘露禅寺",寺内莲花台竖弥勒佛座,香火缭绕,佛乐悠扬。据传甘露禅寺创立于明朝,一位当朝宰相因看不惯派系争斗和贪婪现象,辞官出家做了和尚,自取名"上不下二",云游四方。某日,他来到新田花历村,对俺排山的山形地貌一见钟情,化缘筹资建立了禅寺,取名为"青莲禅院"(注:这块牌匾依然保留在寺院内)。他在青莲禅寺弘扬佛法,普度众生直至圆寂,其躯葬于禅寺右侧山坡,被后人称为"开山大和尚"。清朝雍正年间,信丰知事文林郎黄之卫重修其墓并立碑其上。后来,青莲禅院改为"甘露禅寺",这也有它的理由:这一带气候曾经较为干燥(这正好与夹水口的"戽水上坎"相吻合),但夜间降温产生露水挂在树草间,人们期盼白昼都有露水滋润农田山野,并寄托于寺院的佛祖显灵保佑如意,于是将干的谐音甘与露组合成"甘露",更名为"甘露禅寺"。

花历村的龙凤山寺,处于长坑与安远县版石镇上坑村交界处的龙凤山。龙凤山又名"火凹背",山势雄伟,山清水秀,四时温差小,终年无暑寒。相传,龙凤山上有一块花历村船形上屋场黄姓的祖地,安远一位地理先生手握罗盘一摆放,发现这个祖地位置属于风水"生龙口",还探测到了墓地里藏着九条未开眼的青竹蛇。一旦每条青竹蛇睁开眼爬出墓穴,黄姓人家就会出一位大人物。他想了一个办法——雕了一堆菩萨摆在墓地前面,欲迫使黄姓人家迁移墓地,把风水引向安远。黄姓人每年的清明节上山祭祖,看到墓前的菩萨心知肚明,便将菩萨送到更远的山头,过后,地理先生又捡回菩萨重放原地。双方这样"礼尚往来"并非长久之计,花历人干脆在龙凤山顶先建一座寺庙,上坑人也在距龙凤山十几公里的水口处建了一座寺庙,于是,上坑人与花历人商量,让两座寺庙的菩萨结"兄弟",每年择一日举行"巡游"仪式,以示菩萨走"亲戚"。奇怪的是,龙凤山寺的香火就是比水口庙兴旺,外来和尚更多了,他们一边修炼一边耕地,还打了几座石磨研磨谷子。当地人也流传类似信丰香山寺、谷山宝月禅寺和油山"心大出砻糠"的故事,以告诫后人切勿伸手起贪心。

据龙凤山寺石碑文字记载,龙凤山寺始建于清乾隆十一年,清朝宣统元年寺内佛祖像失去金身。1924年,上坑的刘如明、花历的黄光前发起重修,因兵荒马乱,守寺人叶谱光于1949年离开金堂,过后房屋无人掌管,金堂年久失修,倒塌变为荒野。1989年,信丰新田与安远版石村民首倡,恢复龙凤山寺原貌。

三

花历村的传说与往昔有口皆碑,红色故事同样闪烁光芒口口相传。中央红军长征时,有支红军先头部队打了石背之战后,经过主峰海拔514米的十二排山(由依次排列的十二个山头组成),前锋红军沿路插旗做标志引路,后卫红军收起旗子不留痕迹。他们经坪地山、发仔过坳、坳背、松树坳、下段、蛇前、蛇前拱桥、社公下、船形上、上水背,上紫过十二排山。红军抵达十二排中的第九排山石壁下,继续往田边坑、高石寨行进,在这两个地方均与拦截的敌军相遇交战。另一路沿上坑过广佬山的红军也与敌军打了一仗。花历村的游击队、村民积极支援红军,为红军当向导、抬担架、救伤员、运物资。花历村人煮好芋头给红军战士填肚子。苏区军民一家亲,饥肠辘辘的红军剥开芋头,翻转芋皮面包上芋团一口吞下耐饱。

花历村支书、退伍军人袁长生的爷爷袁叙广曾担任金鸡（新田）区苏维埃政府主席，在古陂遭"铲共团"杀害，时年47岁。他的大伯袁永森踊跃参加红军，在一次与敌军的交战中光荣牺牲。新中国成立后，他们被评为革命烈士（《信丰县志》《中国共产党信丰历史》第一卷均有记载）。二伯袁永财被敌军砍断了右手，被当地村人救下医治，此后他居住乡村务农至过身。当地村民常挂嘴上的是，船形上黄光文、花历坑袁永辉，含泪埋葬了牺牲的红军战士。花历村人保持着祭祀英烈的传统，清明时节去到十二排山、广佬山献花、鞠躬、敬礼。

血与火的洗礼，滤出花历村的奔头指向，幻化成一种永恒的精神动力。蓝天下的花历村，家家户户拥有自留山、承包责任田，以毛竹、杉木林等林业产业为主导，兼有水稻、烟叶、脐橙、花卉苗木等生态农业产业，水产、肉牛等特色渔牧业产业。村里社区新楼房涵盖了一个个村庄，休闲公园与青山绿水共长天一色，一幅奔向新生活的画卷展现在人们眼前。

山村花历，美丽与幸福源远流长。

石门坑漫笔

一

我伫立信丰县城陈毅广场，目光丈量着西牛镇石门坑的距离，其实并不太远的二十多里路程，驾车大概一个钟头就可以抵达。我遥想1934年10月中央红军从赣南出发，辗转到陕西吴起革命根据地，那不可思议的二万五千里长征，整整经历了一年时间。时间、距离的长与短，速度的快与慢，与理想、信念和意志密切相关。我们记住了伟大史诗一般的长征，因为它闪放光芒彪炳史册。

再回首南昌起义，这纯然是一种宣告、一种标志、一种立场。由此，朱德、陈毅率领的部队进入赣南，史称著名的"赣南四整"，整出了团结、素质、纪律和战斗力，其中的"信丰整纪"对于稳定军心、走向胜利更是意义深远。

"信丰整纪"旧址，处于源和（古称人和）石门坑的一个山坳里。这个山坳的名称（黄蜂塘）当地人几乎不提及，自然"无名"也就指代了它的"有名"，这倒无关紧要，紧要的是"整纪"这一大事被后人们永远铭记。朱德、陈毅整顿部队纪律的举措、过程，相关史料上已有记载。有一点我有必要去简述，那就是为何选择这方水土进行整纪。处于太平围与丫叉桥之间的源和，是从谷山延伸过来的"三省通衢"要塞，通往牛颈、虔州等地。原先这里是个圩场，人来人往，村里人生意火爆一时，却引起外村地痞眼红，时不时过来打砸抢，发生了多起砍人凶杀案，村人只得弃商搬迁，此后这里便成了一片废墟。当然，这是"整纪"之前的往事。

源和村委会旁边，有一垛残墙，曾经是一座庙，毛泽东、朱德率红四军攻入信丰县城，信丰县革命委员会曾在这里办公。某旧民宅楼阁上遗留的标语，还有宣传壁画，足以印证"整纪"之后治安好转，民心所向苏维埃政府。这些，当地群众耳熟能详。

2016年6月初，我和几个文友来到源和一带。通往无名山坳的羊肠小道布满了牛足印迹，农田里的烟叶、禾苗茂盛泛绿。山坳树木稀立，野草匝地，中间夹杂着枯干的树墩。清风一阵阵吹过，阳光一缕缕照射，闻火车从侧边上奔跑的声音，观两口水色清澈的水塘，恰似一轮明镜透视昔今。

山坳塘里的一溜莲花在开，仿佛带着劝诫，抨击贪婪、弘扬清廉，这让我想到一些与"清廉"相关的诗词。譬如，唐代曹邺用官仓鼠比喻贪官污吏，对其进行辛辣的讽刺，对封建社会进行无情谴责的《官仓鼠》。北宋包拯道出立身准则、坚贞操守的《书端州郡斋壁》："清心为治本，直道是身谋。秀干终成栋，精钢不作钩。"明代于谦借石灰象征清白的《石灰吟》："千锤万凿出深山，烈火焚烧若等闲。粉身碎骨浑不怕，要留清白在人间。"清代郑燮赞美岩竹坚强、隐喻刚劲风骨的《竹石》："咬定青山不放松，立根原在破岩中。"这些诗词无不道出了"成由勤俭败由奢"的深刻哲理，我为这些描写清正廉洁的内容所撼动。

从这些字字珠玑的诗文中，可拭目到这些为官者远大的政治抱负和凌云壮志，这让我联系起信丰的明代官员甘士价的从政经历和理想。甘士价生于明嘉靖年间（1545年），旧志上载："家贫力学，具文武资，弱冠通籍政事，明万历五年中沈懋学榜进士……"他为御史时，以"和表"上疏，强调团结，大得朝野称许。他检阅山海、居庸、紫金三关，招兵买马，贮粮备草，整顿财政，对加强边防、防止外敌入侵起了重大作用。他升为湖北按察史时，当地发生大饥荒，他便设法赈济灾民。他调江苏按察史，不畏强暴，为民除害，名震一时。他掌河南道印，认真清理积案，整顿司法，政绩显著，进大理寺左少卿。甲辰年调浙东、浙西巡抚，创立杭州武林书院，经常讲学其中。浙江省发生特大水灾，他疏留糟粮十万担，请发帑金赈济，救万民于水火。同时，他关爱家乡，在明万历年间重修嘉定桥，并置田租五百石用于护桥。朝廷召他为大理寺卿从二品时，他因积劳成疾未能赴任，卒于万历戊申年（1608年）。为了缅怀他，后人在武林书院建立了"甘公祠"供人瞻仰。甘士价"近则福家乡，远则福邦国"的品德和功绩千古流芳。

诚然，将"为官一任，造福一方"的信念承前启后，信丰的儒家思想和哲学体系脉络就清晰了，古往今来的信丰社会治理就默契融合了。

二

从石门坑山坳过去是丫叉桥村，太阳点染了云朵，也点染了高山流水。河水从遥远而来，又浩浩而去，入赣江奔大海，去完成波澜壮阔的使命。尽管我望不见历史苍远的尽头，却能感受到当下的敦厚威严以及卓然气质。

我耳濡目染了老百姓道出的掏心话，思绪转向了族风家规、人际交往圈。一个人的思想情操、道德风尚会受到周围环境、言行潜移默化的影响。我有一位至亲爷爷,他参军复员后,分配在外省某军工单位,为了表达对故乡的养育之恩,寄予对故乡的思念,他给子女们取的乳名全都带着老家名称中的一个字。其中一位从政的堂叔,谦和正直,平步青云,他回老家走亲访友时,见到年纪小的族人也按辈分尊称,老家人以他为榜样,从他身上得到了许多正风、正气、正义的启示。我请一位德艺双馨的乡友给我作序,他豪爽地答应:"我先搁下手头上的长篇,半个月内写好。"着实让我感动。那次,他回到县城,我无论如何要请他吃餐饭,他说:"没这个必要!"我难免有些失望。有个下午,他主动约我到一个饺子店,我们点了两笼萝卜饺和两碗水酒,吃得有滋有味。结账时,他说AA制。事实上,我们交往了几十年,算得上是"君子之交淡如水"的友谊。

  我想起八十年前,陈毅元帅在信丰油山领导艰苦卓绝的赣粤边三年游击战争,他所作《赣南游击词》荡气回肠。抚今追昔,信丰县弘扬"敢突破、善坚守、整纲纪、求胜利"的革命精神,一首《主攻工业进行曲》,激发了千年古邑再创辉煌的核心动力……

  一种温暖的力量,正在橙乡大地涌动。

第四辑　心路秩序

相约书社

小镇上有家文化书社，让酷爱看书的我经常驻足。

书社的主人叫"村姑"，长得很秀气。每逢圩（方言，我国湘、赣、闽、粤等地区称集市为圩）日，村姑的书社便开门营业，客人来了，她会笑容可掬、满脸热情地递上对方喜爱的书报。接着，她会搬来凳子，倒上茶水，让你有做客的感觉。平时，她骑着自行车，一路铃声把书刊送到村村寨寨。

我去的次数多了，跟村姑谈话的内容也丰富起来，当然也谈到了她的书报经营。她告诉我，书社开了不到两年，起初吸引了不少人，现在看样子算不上惨淡，但她脸上的丝丝困惑也使我担忧起来。

书社的情景，勾起了我许多年前的回忆。我们乡里有个文化站，我们几个文友经常聚在一起，谈论时兴的文学，交流各自的作品，编印了一份叫《乡音》的文学小刊物，邮寄到各地。很多外地的文学青年慕名来到山乡，与我们切磋创作，那情调，那氛围，让我们体会到"文人相亲"的内涵。岁月如流，文友们早已各自忙别的去了。如今，那期期

《乡音》像民间文物一样留存着，在书房里不时散发出郁香。昔日的文友，有的当了不小的官，有的创办公司赚了大钱，可惜一位昔日《乡音》的主要创办人弃文南下闯世面不幸出了车祸……而我，依然在文字堆里摸爬，日子过得平淡如水。

我瞥见村姑在一本厚厚的诗集里圈圈点点，惊讶地问她："你爱诗？"她朝我抿嘴一笑，神情一下子变得明朗，话语多了起来。

从她娓娓的言谈中我得知，她生长在一个僻远的山村，那里临山傍水，有一处天然温泉，终日汩汩冒出一股股热水，水温宜体，雨天不暴涨，旱季不减少，温泉含有多种矿物质，可御寒、祛痒、消除疲劳。村民把它围成水池，每到傍晚，村里人便忘情地在水池里洗浴。那山涧里飞流直下的瀑布，溅开的水花，远远近近响满回音，飞散的水雾绸带般笼罩着山腰和山顶。绕村而过的溪水清澈透亮，把村民养得淳朴实在、勤劳能干。村上有座寺庙，每逢九月初九，村民们就会到寺庙叩头烧香，祈求来年五谷丰登、人寿年丰……

山村之美，让村姑在读小学的时候就立志当个作家，把山村的山水、风土人情用笔墨书写出来，让外面的人都知道这个小山村。然而，村姑家里穷，缴不起学费，那时"希望工程"还没有传播到小山村来，村姑读到初二就辍学了，作家梦也随之破灭。

村姑跟着村里人外出打工，每当望着城市林立的高楼、炫目的霓虹时，总是想起家乡、想起童年的梦……于是，她进了一所夜大学习汉语言文学。学习使她充实了许多，并常有习作散见诸报端。

那年春节，村姑回家探亲，看到山村发生了很多变化，但人们的精神生活很空虚。虽然村民们签订了瓜果销售合同，但是客商就是不见来，瓜果烂了满地。还有村民闹邻里纠纷……村姑的心情很沉重。她购进了大批科技、政治和法律等方面的书籍，开起了文化书社。

我对村姑的举动和胆识生出许多敬意。这时，村姑从抽屉里掏出一本精美的书,递给我说:"这是我的散文集《乡村风情》,你有兴趣看看。"

后来,听说她这本书出版后,小镇轰动、热闹了一番,读者来信使村姑目不暇接,慕名来山村观光的人接踵而至,当地政府引资建了一个度假山庄……

小小文化书社,把山村与外面的世界连接起来了。

乡间榨油坊

老家那个榨油坊紧靠村东头的小河边，孤零零的像个茶亭。河水流淌，如树上画眉鸟的叫声般清脆。秋收忙完了，十里八乡的人们挑着晒干的花生、茶籽聚集到榨油坊里，榨油的汉子们一秋一冬都没停歇。

榨油坊里的三个汉子光着膀子，将油籽置于灶具上烘干，经水磨辗碎，装入木甑用猛火蒸熟，然后从热气腾腾的木甑里把熟茶籽末倒入铺满干稻草的铁箍中，打赤脚在上面来回踩结实，摞成一块块茶籽饼，装入旁边的树槽里，周围用杂木条挤紧上榨。

榨油的时候，一个汉子主槌，抓住杠绳，弓起身子，把住梢头，另外两个汉子，一个掌梢身，一个牵梢尾。主槌汉子先在要撞击的木条上轻应一下，三人一齐往后仰，将梢棍高高扬起，然后奋力往木条上猛撞。只听"咚"的一声轰响，他们铁疙瘩似的肌肉在身上一块块鼓起来，整个身体发出强烈的震颤，一种宁静的力量在身体里疯长。"嘿哟，嘿哟"的号子随即像从遥远的地方穿透层层阻隔，清脆响亮地喊起来。随着高亢号子的节奏，油槌像巨大的钟摆，在榨油坊的空中往复运动。而每一声号子的开句,是他们发力向后拉油槌的时候,整个榨床在颤抖,整个榨房在颤抖,整个大地在颤抖。那种气势令人震惊,那种身姿让人感叹。那是力量与健美的结合,是粗犷和野性的交融,是劳动和舞蹈的完美展示……

油槽在强大的外力和被不断增加的木楔挤压下,发出"吱、吱"的声响,铁箍边上沁出的清亮醇香的油珠汩汩地流出来,渐渐地便连成了线,"哗哗"地流向木槽底端的篓子里。守候一旁的油主蹲下身子把篓子里的油倒进塑料桶里。过完秤,他们畅快地聊开了,说今年风调雨顺,茶籽的出油率高、油质好。大多油主还从家里带来几壶米酒和油炸花生米,等汉子们深夜收完工,围在一起开怀豪饮,开不荤不素的玩笑,缓解精神上的饥渴。

当我再次走近老家榨油坊的时候,这中间整整隔了十年。这些年来,榨油坊里的情景时常在我梦中出现。

临近家时,天空下起了细雨,弯过泥泞的山路,很远就听见发动机的声音,像是要与幽然静霭一争胜负。走近一看,原来榨油坊建起两间高高的砖瓦房,那棵大枫树边也建了一栋新的榨油坊,老榨油坊的痕迹只能从横在地上的几根烂木料上去寻找记忆了。

我在原先的榨油坊遗址注目了很久,徘徊了很久。一直背对着我的四五个壮汉,抱稳一根粗大的圆木,朝黑洞洞的油坊深处撞去。我在他们模糊不清的号子里渐渐感觉到自己跳动的心律加剧,也看见他们果敢、倔强的动作仍然那么猛烈、持久,充满原始的力度,再现了当初的情景。

石雕汉子

为了看一个石雕汉子，我选择了一个初冬之日，便在油山雾里行。

相传，油山岭里有一个花鼓女，谁要上油山岭，只需对着山岭念上几句咒语，花鼓女就会出来击响花鼓，唱出好听的山歌。如今，我沿着花鼓女的足迹，转了一山又一山，拐了一弯又一弯，浑身风尘，满身雾气，终于到了油山岭的石头山。

天空未掺一丝游云，松林笼着白纱，涛声阵阵，一潭深水潺潺流，窃窃似絮语，水落石出间，蹲着一个抡大锤的汉子，甩出很威风的弧线，一连串叮叮当当的音响，凿得碎石趁机随鸟儿一起进山涧逍遥。

他是油山岭里的人，一个雕石狮的庄稼汉，名字写在石上是"李有才"。

"雕了30年了。"这是汉子说的。他还说："雕石狮有什么技术？拿锤就会，不信你试试。"

我试起来却茫然，大锤起落的每一道弧线都给我带来掌心的麻木、两条臂膀的震颤和由此延伸的浑身弹动。初次上阵，只五六次起落，大锤就征服了我，引发了汉子一串洪亮的笑声。

他从我手中抓起大锤，先在石上轻轻点播些微微响动，找准着力点，然后举起大锤，屏住呼吸，用力把锤头砸下。此刻，阳光穿透了雾罩，很明很亮，他索性打起赤膊，抡锤之际，上身的肌肉有规律地振动，那雄健，那阳刚之气，简直就不是血肉之躯，那本身就似一锤锤凿出来的一尊石雕。

当暮色从同沟里溢出来，淹没了叮叮当当的锤声时，我终于看到了石狮的美丽。石狮自身的美丽，也引起了汉子的遐想，他说："听说过油山花鼓女的传说吗？"

我告诉他："早听说过，传说很奇、很美。"

他走进石狮方阵，抚摸着一尊尊石狮，刚才的坚毅成了此刻的温柔，那方脸膛也悠然露出宽慰的微笑。他停在一尊石狮面前说："这尊石狮就像花鼓女一样，自古深居不出山，愁得很哪，要是能有条大公路，或能开进火车，它们就能远走高飞……"听见了吗？传说中的花鼓女，击起你那响亮的花鼓吧，重新唱出一支好听的山歌来，让山外青山楼外楼都能听见！

兴许是我站得太近，想得过远了，我把这位石雕汉的理想、追求和向往，看成了一尊雕像。

荷塘思绪

　　河水依然朝那个方向流淌，荷塘还能透视昨夜的绰影。他和她一起向前走。垂柳无语，荷叶闭目；蛙鸣虫吟，如少年思绪。

　　以前的荷塘变样了吗？春雨洒落，纷纷扬扬，轻轻细细。荷塘，在她眼中仿佛变得模糊。她走在荷塘边，雨滴打湿衣衫，抑或心事，她问自己：雨是伤心的泪滴吗？她闭上眼睛。他的笑脸浮现了，他在柳树下向她招手……

　　雨滴飘进了她的眼睛，又从她的眼睛里流出来。耳边响起了他的声音：你跟我一起走吧，到都市去，那里繁华，那里更有我们的空间……那一刻，她很感动，想说千万个"我愿意！"，但她却没出声。她想到了家人，想到了年迈的双亲，想到了山村的孩子，他们更需要她。她摇头了……荷塘，清水荡碎月光，游鱼穿行荷隙。她哼《一帘幽梦》，他拍手伴奏。她递给他一张过塑的生活照，他送给她一张宣纸，有他写的书法"风雨同舟"，还夹了折叠成千纸鹤模样的写满文字的信纸。

　　她把父亲的叮嘱，连同收藏往事的日记打进行李，背到山村，当了一名"孩子王",目光里满载青春的剪影。深深的大山沟,孩子们在她的面颊上溅成一片红枫。她用年轻的绿叶装点新生林,让更多的童心飞向春光、飞向秋色……

荷塘一别,远隔千山。他去了南方一个沿海城市创业,这些年,他待了三个地方,干了一件事,两个字"企划"。那次,他回乡度假,见街市一侧的服装店,搭起充气彩虹门,摆满花篮彩带,走了进去。他们碰见了。双眸以对,异口同声,惊呼对方名字。她看了他的名片,他却自嘲:"打工仔!"

他们去了一家农家菜馆,对酒当歌;她邀了他去荷塘岸边,回首从前。

她说,那时看了他的文字,脸似火烧,心如兔跳。她揉碎纸笺,鼓不起勇气回复。她说她的沉默,也给自己带去伤感。她道出一个秘密,大约分别后的第四年,她从姐姐家乘大巴车回去,车停站候客,她看见他同一位女子在路边,提着行李箱,她却低头靠椅假装没看见。他回想起来,那次是接堂妹去工厂入职。有些巧合和表象,实在容易中断许多未知的变数!

她又说,沉默和伤感过后,滋生的是自信和期盼。她想,那次车站擦肩而过的时机,假设纯属是她的逻辑错误,终有一天,他们还会相见,那时便会云开雾散。她开始打听他、关注他。她在百度里搜索到他的一些信息,披马甲进他的博客。

很多美好的东西往往是从伤心、痛苦和折磨中挣脱出来的。他告诉她,他曾遇见过一个女孩,却如兄长般爱护她、尊重她。她也坦言,没对任何一个男人动心,却背负父母训斥"叛逆"的名声。看似传奇的天方夜谭,但真诚坦荡。她说那幅书法字迹装裱后一直贴在闺房,他说她的生活照也不曾离身。几乎是同时,他们各自打开翻拍的手机图片。

荷塘夜色下,隐约飘来一首歌,刘欢唱的:"心若在,梦就在……"

卖西瓜

老家年年种植一种叫"马兰"的西瓜。

最初，村里人跟着一个讲白话的广佬牯学种瓜，从育种、出苗、移植、施肥、铲草、剪梢一直到收瓜。这种瓜个儿大、皮厚、瓤红、籽多。小时候，我一放学就往瓜地里跑，挑上一两个卖相不好的瓜，找块石头或直接往地上砸破，坐进瓜棚掰着吃，啃完后，捧了圳沟水洗几把脸。凉风吹过，我望着连绵起伏的瓜田回味着甜蜜。

这位广佬牯师傅住在靠祠堂右边那间小屋里。有一次，我同几个小伙伴拿了玩具铁皮枪对着他扣动扳机，从枪舌输出一条小红纸包裹成绿豆般大小的灰色硝粉，碰撞枪斗冒出硝烟，连续发出像杉毛鞭炮那样的"啪啪啪"声响。他认为这是对他的羞辱，拾了根竹条吓唬我们，还向每个家长告状。奶奶一气之下，夺过我的那支玩具枪扔进了池塘里。好长一段时间，我去那口塘边摘梨子、捅翻柑（像沙田柚那种），都有怀念玩具铁皮枪的条件反射，并且总有些伤感。

同样在地里种马兰瓜，别家的瓜却比我家的瓜小得多，烂得也多。

按理说，同样的气候、雨水、温度和地理位置，产出的瓜应该差别不大。原来，他们大多不懂得科学施肥，肥下重了、施浓了，花了人工，却事倍功半，造成土壤板结，瓜苗因营养过剩而疯长，冲掉花蕾影响结果。而西瓜生长速度缓慢，半生半熟，甚至长成葫芦一样的"把子瓜"。天热时，手一翻动它，瓜就"嘭"的一声裂开。

我家瓜地里的第一批瓜熟了，平均每个重量有十六七斤，我称了一个最大的，超过了二十九斤，父亲摘了两箩担到圩上去卖。

父亲推着手车，上坡时我在前面帮忙拉车。我们在进圩口的榕树下摆起了瓜摊，拼拢两只箩筐，上面放一块逢喜事端菜用的长条盘子，对半切开一个瓜来招揽顾客。我拿了一把扇子时不时拍几下，一来赶苍蝇，二来防灰尘。瓜摊边，早坐着几个穿开裆裤、打补丁的小孩子，他们看到顾客坐在树荫下边吃边吐瓜子，便围过去趴在地上扫瓜子，装进角箩里，顾客走后，他们又东一颗西一颗地拣遗漏的瓜子。顾客扔掉了的瓜皮，他们争着去捡，放进畚箕里去。我当然知道他们捡瓜皮做什么用，等下他们的父母会来挑回去，或喂猪喂牛，或选几块洗干净切成细片，做上一道清凉解毒的瓜皮菜。瓜子晒干，或留着逢年过节炒熟招待客人，或提去收购站卖点小钱。记得我读小学四五年级时，也像这几个小孩子一样拣过瓜子、瓜皮。有一次，我实在口渴，还啃了几口人家剩下一点点瓤的瓜，然后感慨道：何以解渴，唯有马兰瓜！

我家先后卖完了两批大马兰瓜，第三批瓜上市时，是个逢圩的周日。一大早，我穿了件白背心和紫色的确良裤子，打着赤脚，挑了一担五十多斤的马兰瓜，到"社官"前树荫下去卖。

路过一个叫禾尚寺背的村庄，我买了一顶草帽戴上。一个牛伢人（肩背斗笠、手拿牛嘴笼和竹鞭条去赴圩是牛伢人的明显特征，而这位问我的人就是这副模样）向我买瓜，我放下担子任他挑选。他选了一下，问我价钱，我回答，六角钱一斤。他嫌瓜小，鼻公哨子一样"哼"了一声，也没还价转身就要走。他停顿了一下，又说，五角钱一斤称一个。

我想，这个时节西瓜落入尾声了，市面上少有瓜卖，肯定涨价，我也就不大在意。俗话说，"物以稀为贵"，商品的价格和价值是随着时间的变化而变化的，这道理人人皆知。姜太公钓鱼，愿者上钩，反正时间还这么早。

看到他杀回马枪，我试着对这位牛伢人说，大伯，干你这行的就最清楚了，一头牛春耕时节涨价，可现在行情大跌，你知道为什么吗？要买牛的已经买到了，要借牛犁田的也借到了。你看牛市里，牛价还能高到哪里去？像农村娶媳妇，早先一二十元就可以娶一个回来，而现在没有成千上万元，想娶回媳妇来后脑就会笔笔直。

这位连不懂人话的牛都打得上交道的人，你说他不是"人精"是什么？我再刁（精明）也成不了他的下饭菜，但我刚才打的比方全是事实。

我坐在瓜摊上，没有人过来问津的时候，就翻看一本带去的杂志。当我抬头时，两位撑着小花伞的少女并肩走来，一朵像乍开的桃花，一朵像奔放的荷花。从生意角度来说，我本该主动打声招呼的，可是，我装着不认识她们。"荷花"说，你挑一个瓜，对半切开来称。我随手拿一个切开。惨了，瓜瓤是半红半白的。谁叫我运气这么差，切出个半生不熟的瓜出来？我不好意思，放弃再挑选西瓜了。她们却没有再理睬我，离开了。

马兰瓜不像其他水果一样，从外表就能一眼看出是否熟透，它有时不熟或熟而不甜，光外看颜色、拍听声音、掂估重量，不一定能准确地判断出来。因为西瓜都是阴阳两面采光，一个没熟透的西瓜，面向日头那面会较红也较甜，而接触地面的那面就不一定红，更别说甜了。

赴圩的亲友停下来跟我打招呼，我毫不客气地切开西瓜给他们解渴。这天，我卖瓜得到了收入，还收获了意想不到的人情，乐在其中。

内心的秩序

文学创作，对我而言，并非与生俱来，也并非刻意为之。我的生活环境和经历，带给我与身边及以外的人，或许有不同的困惑、忧愁和无奈。我努力地去寻求改变际遇的途径，理顺内心深处的自私秩序，获取自然赋予的权利和精神的愉悦。我不断地修复思维，更新角色，让一些事情美好起来，让一些形象鲜活起来。

我的记忆闸门从"一两米票五分钱"打开。小时候，大人带我去圩上，用一两米票（或米）外加五分钱，换一个油馃糍粑解馋。我曾多次把钱票挪作他用，进百货商店里换取小人书。我没柜台高，架子上摆放的小人书，踮起脚跟才能看见。那些小人书存放在我读书寄宿时用过的两个木箱里，我后来搬了几次家，都舍不得扔掉。

我家祖辈留下不少书籍，大多被我翻得烂烂的，我用透明胶粘上。我背地里看，上完晚自习在寝室里，点亮煤油灯，抄录经典句子，发一通读后感想。多个学期末，我拿到的考试成绩报告单上，除语文接近满分外，其他学科的分数让人看了难过。我的语文老师、班主任殷文倞写了评语，告诫"偏科思想严重"。我却喜欢上了殷老师的评语，不是内容，而是字体。我中学时期一直临摹他的书法，到现在，我的字迹还留有他的风骨。

那期间，殷老师点拨我"人生就像一本书，读完它需要终身的努力"，使我悟出学习、做人、处事的道理。我在青春叛逆期，他数落我最多，让我深感老师"恨铁不成钢"的苦衷。我在工作、事业和情感上，曾经跌入低谷，殷老师、胡书记以及晓东等挚友均伸出温暖的手扶助我。

我写日记，记在笔记本上，锁起来保存。我还写情书，写在纸条上，装进信封塞到某女同学抽屉里。我撒过谎，要了父亲粜米的钱，报名参加文学培训班，居然一篇习作还被刊登了。安西出了个大作家郭晨老师，有次乡里文化站请他来授课，我冒着旷课挨批评的风险，怯怯地坐在最后一排聆听。我被安排在学校广播站做广播员，有次带了校友进去玩，他却把高音喇叭给弄坏了，以至我对他耿耿于怀，可是不久我就原谅了他。我对名胜古迹好奇，老狮喷水、热水湖、玉带桥，少年时代反复去了多次。我还独自去过赣州的通天岩、八境台和郁孤台。我花光了半个学期的生活费，住不起旅店，就在车站走廊里与几个素不相识的农民工蜷缩在席子上过夜，被蚊虫咬了个半死。如果再遇见他们，我还认得出来。

当初，家里人阻挡我写作，因为我的谋生问题的确是首先要解决的问题。父亲问我"写东西能当饭吃吗？"，还拿屋场里一个叫"茅厕哥"的人做反面教材，规劝我别像他那样，一辈子做不出一件"大逢喜事"。我的耳朵听进去了，就是消化不到胃里头。我人瘦小，只能支撑起几根硬骨头。90年代初，我在地级党报副刊发表了处女作，上的是头条，编辑为卢策老师。接着，省级党报在"十一"套红的特刊上又发表了我的一篇散文，其间，我连带写新闻稿，真心与"违心"并举。

时任场长的郭福生提议我进办公室做文书，我从组织委员赖佑珍身上学到了不少公文写作技巧,从宣传委员王庆盛那里,得到许多宣教文化信息。那些年,我基本不谙政界世事,"端公家碗"的前途一波多折。有一次,我采写了一位典型的基层果业专家的稿子,拿去审核却莫名其妙没被通过。上面指派了记者、作家过来,我把稿子送给了他们,第二天报纸上的她便在"橙中笑"了。作品没有署我的名字,这我懂的。

我辗转赣州、广州打工,相比深圳创业有成的老同学陈平,是他前行的步伐太快,还是我跟随的节奏太慢了呢?

在赣州那些年,我和卜谷老师、文友刁肇华、简心等常去宋城墙下、灶儿巷散步。卜老师对我说:"你好好挖掘一下你的经历,我对你充满期待!"有一次,我到府前路居委会开证明,一位负责人说:"哦,你就是刘景明,经常看到你写的文章!"

我到全国各地参加了一些散文研讨会、笔会。我在北京遇见林非老师,他欣然为我题词:"写出动人心灵之文学作品"。我同王巨才老师握手,他对我这位来自赣南老区的基层作者挺感兴趣。我还去过郭晨老师家,目睹了他的藏书室,得到他的盛情款待。再次见到王宗仁老师,时隔六年,他仍然记得我上央视做节目那事。红孩老师是曾经的"畜牧人",我们增添了新的话题情趣,拉近了交流距离。王山老师随和,他说"我去广州第一个找你,一锅白粥就行了"。听彭学明老师讲"娘"的故事,我止不住流泪……

2014年初夏,我去了山东济南,参加第六届冰心散文奖颁奖大会。我的获奖感言是:"我带上对乡土的厚爱与忧虑,去了南方城市打工。乡村特质的凡人轶事,塞进我的情绪缝隙,我无数次地变幻审美视觉,流露笔端,无悔于痛苦,沉醉于快感。比如赣南青瓦次第老去甚至消失的历程,就是一种亲情乡愁的缠绕,它们闪烁着时代气息、地域文化的光芒,清澈了我的眸子和灵魂,我试图过滤出这些价值,载往知、情、意糅合的彼岸,只憾如蜻蜓点水未尽如愿。一次获奖的盛事,一生难忘的记忆，我常怀感恩之心，以散文之光烛照人间。"

从第一篇作品发表至今，我的创作之路并不平坦，有时还会停滞不前，留下一段时间的空白。我写作，是业余爱好，是对日常生活的抒怀、对生活方式的渴望和需要，是情绪的吟唱和自我满足。许多人对我的勉励，我心里有谱。我铭记了冰心先生的人生信条——"有爱就有一切"。

赣水精深，乡情至上；文学之路，学无止境，义无反顾。

昨日的距离

在赣南信丰，以桃江河水的流向划分乡村地理位置，老家安西属于河东，我蜗居县城河西一隅。我的青涩年华，虽未抵达"老字号"，但也算岁月悠悠。民谚道："三十年河东，三十年河西。"我抽出那段时光笔记，"手则握笔，口却登场"，写了一些那个阶段的文字。

古往今来，文学大家们有诸多经验之谈，其中有句"散文跟说话一样，怎么说就怎么写"，对我启发尤其深刻。著名作家红孩说："散文是'说我'的世界，给我们更多地表达自己内心情感世界的机会；优秀的散文，无一不是通过'我'达到'我们'的过程，也就是从心灵走向心灵的过程。"我想，完美如意并不钟情于我，我像丑石中的丑石，而丑石的追求亦即对散文的追求。

我曾拜读"江西散文三骑士"之一李晓君先生的散文集《江南未雪》。他的自序的大意是：这本纪实作品里面，不乏作者大胆的虚构和臆想，他更愿意把作者看作一个文学作品中的人，对南方某年代某地进行一次私人意义上的重返……毕竟是散文作品，不同于社会学作品，明眼的读者应一望而知其中的差别……"晓君先生的开诚布公，与我的写作观点不谋而合。

　　我于二十世纪末结束了体制内职务和工作，提着空空的行囊离开老家外出打工。林子祥的《男儿当自强》中的"去开天辟地，为我理想去闯"，叶启田的《爱拼才会赢》中的"三分天注定，七分靠打拼"让我心潮澎湃；毛宁的《涛声依旧》中的"这一张旧船票，能否登上你的客船"，费翔的《故乡的云》中的"浪迹天涯的游子，别再四处漂泊……"又让我潸然泪下。我曾居住十年的家属房，原单位要求我搬出去，我电话里吩咐父亲，凡涉及公家的东西，如办公桌、椅子和电话机一概不动，如数退回，大半个卧室的报纸书刊、文件资料、信札笔记，全部搬回乡下。父亲叫了一部小四轮车，捡出我的所有物品，堆满了老屋的侧楼。我有次回家才知，父亲当废品卖掉了我好多箱书刊，我在伤心的同时也庆幸，许多重要材料捆扎着原封未动。

　　想想那几年，我在赣州时住在员工公寓，妻子在县城务工租房，我的长子留在安西中学读寄宿，父母守着农田、种植果树，全家人四地分居，我觉得我是个不称职的儿子、丈夫和父亲，内心充满了愧疚。

　　我每个月都回家看望父母，去学校探视儿子。儿子上了中学，我并不多过问儿子的分数，他的身心健康是我最大的心愿和欣慰。教过我的几位老师还在，学校广播站还在，校园里的那棵梧桐树还在，马路边的大樟树还在，唯有原先的操场不见了，那里建起了教学楼，这些勾起了我对中学时代的许多回忆……有一次，我开了一辆面包车去中学参加家长会，次日清晨从县城返回赣州，在信丰与南康交界的上坡拐弯处，我会车避让行人，车子滚了个三百六十度，翻到了右边五六米高的沟坎下。我的手被划破出了血，额头起了大包。这起道路交通事故在我脑海里打下深深的烙印，自那时起，我不敢再碰方向盘了。这好比某人某事，记忆犹新却不再触及。

儿子在信丰中学上高一那年，我有了自己的房子，了却了一桩心愿。儿子仍然像我念高中时那样住校，他有阵子迷上了网络游戏，周末回到家嘟起个脸来。我知道他陷入青春叛逆期的苦恼，因为我也年轻过，都会有那么一段过程，关键是如何缩短、转变这个过程。我每半个月去一趟学校，找到他的班主任和他班上的同学，一起开导、关心他。暑假期间，我带他去我公司，与我几个高管的小孩进生产车间跟班，帮农户莳田、割禾、拔花生，陪我四处出差跑市场，抬饲料进猪场喂猪。他上了大学后，我似乎轻松了一些，把大部分业余时间和精力放到文学创作上。

我一次次地往返于城乡之间，像蚂蚁搬家一样，把我几十年来的书刊资料贮存到书柜里。有一天，我萌发了整理所有日记输入电脑的念头。那时，公司刚兴起无纸化办公，传递工作信息、发电子邮件、写文章，大家都敲键盘、点鼠标。有一次，我携带笔记本电脑回家，家里还没装有线网络，我接通手写商务手机上网，一天下来超过信用度停机了。我到营业厅缴费，六百多元的费用单吓了我一大跳，一看明细才明白，因为不懂得电脑上网功能设置，我使用了每分钟一元的手机上网。

确实，我接受新生事物的能力总比人家慢半拍，远不及我对老家方言那么敏感。安西上、中、下三堡的方言不尽相同，最明显的特征表现在中、下堡人把带"子"的名词讲成"类"，比如上堡人讲"鸡子鸭子""茄子棍子"，中、下堡人则说成"鸡类鸭类""茄类棍类"，等等。这样，一个家庭多个成员往往说出三四种方言就不奇怪了。而我屋场有许多生动的乡土隐语，里面都包罗着真实的故事，比如"起北风""落雨样""南斗北斗""石车爆脑""戌字过咯""丙丁相拗""牙西来去""哥哥食饱呀"等，他们在不同场合拿来调侃活跃气氛，形成了独特的屋场方言岛。我在写作中就大胆地穿插运用了相关方言。

安西与坑头一条水，许多屋场都讲类似的方言。我曾在坑头读过一年书，从时间意义上讲是短暂的，但我相当一段时间有意无意地回避了它。离开它后的第八年夏天，我仅因公务重返过一次，此后没再去过。我去与不去实质上是一码事，我不想找任何"人走茶凉"的理由推脱，"相见不如怀念"，我以怀念的方式代替脚步迈向山区。正如年少时的同学、昔日相处的同事，无论何时，无论何地，以诚相见，心诚则灵。毛阿敏在《永远是朋友》中唱道："天高地也厚，山高水长流，愿我们到处都有好朋友。"有时，你千方百计地想做加法，可是不知不觉中就做了减法。

一首语重心长的做人"道德经"《堂堂正正一辈子》深入人心："人在年少时，一定要励志，经得起风雨，才能长见识。莫好高骛远，稳健才扎实，做事讲诚信，做人讲良知。你有能力时，决心做大事，没有能力时，快乐做小事……"有一次，我教读一年级的小儿子唱这首歌，而他在学校已经学会了。他接上扩音器音响，拿着话筒边唱边做手语。那天，我带他去野外捡奇石，他看见积水泥巴路，问我，这是沼泽地吗？好酷的石头是不是藏到里面去了？听到青蛙叫、爆竹响，他说，我好像闻到了老家的空气、奶奶的味道。我喜欢青蛙弹琴的声音，不喜欢噼里啪啦的爆竹像野兽叫。小儿的一连串话，我一时不知怎么回答他。

我坐在椅子上看书，小儿想把玩具挂到墙壁日历上，他亲了我一口说，借用爸爸的椅子。玩具总是挂不住，他自言自语：我一次又一次地失败。我问他失败的反义词是什么，他很快回答出来。我给他讲了"失败是成功之母"和"只要功夫深，铁杵磨成针"的故事。他完成作业后，翻到一本诗集，问我，是爸爸写的吗？我答，有几篇是。他又问，爸爸是李白吗？我顿时失语。他发现书页中夹了五角钱，悄悄地跑去大厅：妈妈，妈妈，我告诉你一个小秘密，爸爸藏私房钱了。他铺开方格纸，说给我写一封信，写下"亲爱的爸爸，您辛苦了"折叠成纸飞机，然后拉我去小区信箱那里取出来送给我。我说外面下雨，邮递员叔叔下班了。他接着说，那就发到微博上。他从哪里知道微博了？

我送小儿上学，他背起书包说，忘了老师说过，要帮爸爸妈妈倒洗澡水，怎么向老师解释？我提了桶让他舀了一勺水，拿毛巾给我洗脸。路上，他说，爸爸不臭美，妈妈早上照镜子涂面才叫臭美。我身在广州，午间跟他聊天关视频时，他就问，是不是领导会讲你？童言无忌。我随手记录这些小节，相信日后对他有益。

我始终带着心灵的纯洁、生命的思考，感知过往、剖析经年，感谢散文的提醒和鼓励。

第五辑　风物追影

花园惊春

信丰花园村独辟蹊径,以花为媒长年彩丘,古称"桃江八景"第一景。

它侧卧城郊南边,紧挨桃江河,接近南山岭。早先,老辈人叫它花园坊,皆因那里千顷农田栽植花卉,花开时序与别处迥异。花园春来早,源自百花突兀勃放,丛草争先劲发,满山遍野不留空隙。譬如,岁寒梅花未及挥别松竹,阳春桃花就已先期结义柳李,足以凸显其"桃江水流惊早春,岸上花开香四季"的奇特。

明代某年正月十五,江西参政王纶从石头山走来,经浮桥巷,过亭台楼,下佛祖庵……他独立花园,听暖风吹拂,摇曳脆竹拍醒睡蕉;看细雨飘洒,打湿红梅染透河池。柔枝飞絮,薄雾裹丝;水塘蛙鸣,溪泉蝶舞;布谷催耕,犁锄相踵。他的体热立时奔泻经脉,作诗《花园早春》一赞:"簇簇林深隐隐红,石冢锦帐矮墙东。落梅地湿消香雪,飞絮枝柔飐暖风。拾翠人游残腊后,催耕鸟弄上元中。炎凉南北从来别,莫对春光怨不公。"我们从王纶一语一言、一笑一颦的走笔中看出,他着实对花园知根知底。他借花园初春冰雪融化、梅花凋落间隙，切入游人拾翠、春鸟齐聚的热闹场景，衬托出这里气候远近高低各不同。他转而袒露性情，意会乾坤，奉告人们不要埋怨春光早来此地。

  元宵节那天，信丰民俗活动根植乡村，官员都会在花园村的"先春阁"举行庆贺仪式，四处绽放火树银花，交织笙笛社舞，王纶却绕过元夕欢庆图腾，捕捉花鸟交辉的痕影，咏吟花园仙境之美，估计他内心另有隐情。同是元宵话题，宋代辛弃疾在《青玉案·元夕》中写道："东风夜放花千树，更吹落，星如雨。宝马雕车香满路。凤箫声动，玉壶光转，一夜鱼龙舞。蛾儿雪柳黄金缕，笑语盈盈暗香去。众里寻他千百度，蓦然回首，那人却在，灯火阑珊处。"词中涉及的车马、鼓乐，都为那个雾鬟云鬓的意中之人而设而写，倘若无此佳人，那一切景物又有何意义呢？这与后来《红楼梦》中林黛玉涔涔泪落葬花"花谢花飞花满天，红消香断有谁怜？"的惆怅，无疑是天壤之别。换言之，王纶去花园丛中踏青寻春，那些红林锦帐、花絮玄鸟表达了他喜怒哀乐的真意，暗示了他身不由己的处境。

  是什么最先惊动花园春色，令王纶感怀深切？花园里，蜡梅元旦开花，南枝先开北枝后放，花红颇似桃和唇，怒放在石头垒成的梯田里，像一排排琴键铺展开来。农舍依山而建，村道是梅花，溪边是梅花；田里种梅花，菜园种梅花。萝卜与梅花相依，菠菜同梅花为伴；狗拴梅花树下，鸡养梅花林中，鸭嬉戏梅花树旁……梅花持续几个节气，丽风吹得满园花香，蜜蜂飞舞嗡嗡作响，如王安石"墙角数枝梅，凌寒独自开。遥知不是雪，为有暗香来"的千般风姿，又如苏轼登大庾岭赏梅"梅花开尽杂花开，过尽行人君不来，不趁青梅尝煮酒，要看红雨熟黄梅"的万种情韵。

  "催耕鸟"（燕子）在这个节候，衔着干草泥巴落户到花园，先是一只两只，细碎地啁啾，然后多了一窝雏燕。燕子是吉祥之物，《诗经·商颂·玄鸟》云:"天命玄鸟,降而生商,宅殷土芒芒。"说商族是由玄鸟坠卵而生。这玄鸟,《毛传》里说:"玄鸟,鸟乙也,一名燕,音乙。"《楚辞·离骚》中也有注解:"玄鸟,燕也。"传说唐代女诗人郭绍兰将诗系于燕足,让它传送给外出不归的丈夫任宗,那首《寄夫》:"我婿去重湖,临窗泣血书,殷勤凭燕翼,寄于薄情夫。"有的是"泪眼倚楼频独语,双燕来时,陌上相逢否",那种伤感与茫然几可撕裂心肺。也就是说,王纶写的玄鸟即燕子。如果把他浸染笔墨的"燕子"意蕴与后面的"炎凉南北从来别"关联起来展开想象,他与同朝为官的王阳明的微妙关系就初见端倪。王阳明是浙江南王,王纶是甘肃北王,两人曾是多年挚友,后来意念相悖,致兵戎相见……《史记·陈涉世家》中的"嗟乎,燕雀安知鸿鹄之志哉?"应验了两人最终南辕北辙的宿命。或许,王纶已经萌生某种志向,才惊现出"项庄舞剑,意在沛公"的隐喻诗。出身官宦世家的王纶自幼舞文弄墨,一生中应该写过不少诗赋,而他的留世之作极少,仅见"桃江八景"八首诗载入有关史料。这只能让人猜想是当时明武宗杀他时未发现这八首诗而侥幸留存下来。

  他走出花园,肯定少不了去山清水秀的南山落个脚。南山有座寺庙叫南山寺,那里每一处都是历史的切片。宋太平兴国七年,邑人刘仁举开山建寺。寺内前厅的天王殿、后厅的大雄宝殿、左边的九皇殿、右边的观音堂,皆雕梁画栋,蔚然壮观。其"规模宏远,足称百僧之居",被佛教界尊为"东向稽首,献心南岳"。

  相传,花园有个后生上山采药迷了路。他在一条溪水边,遇见了一位绝色佳人,跟她回到她家中结为夫妻,过着吃红米饭喝南瓜汤的日子。他住了半年,在一个春意盎然的日子,忽然思乡心切,要求归家看望父母,女郎作歌相送。他回到花园,熟悉的亲朋好友都不见了。他找来找去,好不容易找到一个六世孙。六世孙说,他听人说过,先祖上山迷路再没有回来。他听后唏嘘不已,折回南山隐居,从此不见影踪。明万历十六年（1588年），谷山行僧智钧舍此，为纪念这位失踪后生，历构三楹光复旧观。寺院后面古树参天，苍劲错节，枝干蟠虬。寺院右侧一股"滴水泉"，叮叮咚咚，喷出甘甜清流，终年不涸。古时，以此泉酿成的南山烧酒，飘香了花园的岁岁年年。

纵观历史人物功过，自有历史学家评述。不管怎么样，王纶对花园是神往的，是褒赏的。他终究远离花园，脚步消失了，吟诵停止了。花园在时光之水中，依旧掬起花样容颜，坚守着他的不老诗魂。

花园从古老形态中从容变迁，逼真的姿势固化成客家围屋、嘉定城墙的行踪。人们辗转花园，渴望随时从某个角落蹦出来许多古色古香，然后潜移到桃江河床的逻辑关系里。

在一个橙子花开时节，我踟蹰花园山冈上。桃江两岸春和景明，恰似"日出江花红胜火，春来江水绿如蓝"。橙花铺天盖地，花瓣洁白素雅，落英缤纷。麻雀清脆鸣叫，斑鸠抖落露珠，燕子呢喃春曲。花园生动活跃的体量，寄生在我的脑颅深处，我毫不吝惜自己的旧情新感，放开手脚去亲近它们。

我朦胧的目光里，闪现的是花园如老电影镜头般一路跌撞走来的客家子民，像祖宗那样恩爱道义、知书达理、开放襟怀、缔造家园。我不断地俯首，捡拾散落两袖的花瓣，生怕有什么不该遗失的瞬间失去，原本熟悉的转眼陌生。或许，我的挂念青黄不接，揣想多此一举，但最起码宣泄了一种期盼和向往的情绪。

幸好，花园心领神会我的用意，我也就知足常乐了。

竹桥遗梦

信丰古桥众多，唯有竹桥名列"桃江八景"之中。

竹桥朴实无华，桃江支流西江河穿其胸腹，两岸堤坝翠竹丛生，桥头篆刻繁体阳文"竹桥"。当初，西江河水陆交通封闭，明代成化邑民吴氏积善成德，捐资修建了这座廊桥。桥拱石墩，架石板，砌土砖，铺沙碌，搭木梁，盖瓦片，接驳青石长道，联通小城街巷。它东边直指大圣寺塔，塔影绰绰；南边攀附南山冈麓，紫岚萦绕；西边紧靠西湖田畴，阡陌交错；北边竹柳夹岸，碧流潆溇，悠悠远去。远眺谷山积翠，拥黛堆螺，峰峦崔崒，村舍炊烟袅袅。竹桥河水天一色，波光粼粼，滑过岁月声声绝唱，或浓或淡的竹子泼墨成碧波洞天的色彩，旧志称"渭川、淇水差堪比胜"。

竹桥几番沉浮，废而复举，历尽磨砺。己丑年（1649年），战火交加，桥被摧毁，清顺治辛丑年（1661年），谷山宝月寺住持方丈日御，敬慕先辈慧应大师，弘扬孝道博爱美德，身背耄耋老母刘氏重新募修此桥，亲笔命名为"慧应桥"，并在附近开挖了一口水井，取名泉砌井（即文化艺术中心北百米处的刘婆井遗址）。乾隆十六年（1751年）所纂《信丰县志》载县令致辞："日御法师不图名利，不以己名命桥，功德无量，'竹桥'改名为'慧应桥'，本县令照准。"1961年，洪水横流，泛滥成灾，冲毁竹桥。十年过后，当地民众在原址上游约六十米处，依原样重建了一座钢筋水泥拱桥，更名为"竹桥河桥"。竹桥与西湖交汇的西河河段，至今被统称为竹桥河。

竹桥像一部史书，载附着小城实物和灵魂，源远流长、生生不息。潮水般的碧绿在风中起伏，擦亮经年不变的竹节，像郑板桥画中的挺拔骨节，斑驳出与忧伤、爱恋、风雨有关的沧桑痕迹。轻舟飘浮水面，旅人已远，那一声欸乃，空留给了沉默的竹桥。竹子站立不语，只把两岸的雅致紧握在纤细的叶子里，然后传递给风。风吹来了，鸦雀栖息，牧歌轻唱，竹叶缓缓展开脉络，读着竹桥的梦幻。

某个夕阳西坠的黄昏，晚霞灿然空际，明代王纶来了，几乎忘却了劳顿。他从小巷走来，从桥头走到桥尾，写下了至今仍让我们心仪的不朽诗句《竹桥夕照》："云满前林翠满溪，琳琅抛掷小桥西。鸟声飞噪树头乱，牧唱横骑牛背低。戈在鲁阳光返照，马随王济障无泥。倚门莫讶黄昏后，锦绮无边望欲迷。"明代邑人邓卓也来了，他在驿站或凉亭的桌子上饱蘸情感，也吟诗一首："竹外长虹锁碧溪，溪头残日欲沉西。晴光斜逐空梁下，螺色平临断岸低。鸦闪落霞金有色，马怜锦帐净无泥。鲁戈愿借回余照，莫谓桑榆绝景迷。"他们都从竹桥走了，走到了小巷尽头。灯火万家点亮竹桥流风逸事，剩下的便是这桥边的密竹了。

王纶和邓卓描写竹桥，视角不同，意向各异，但同样应用了"鲁阳挥戈""王济侍马"的典故，不能不说两人政治眼光锐利，高瞻远瞩。鲁阳是战国时楚之县公，《淮南子·览冥训》载："鲁阳公与韩构难，战酣日暮，援戈而挥之，日为之反三舍。"传说他曾挥戈使太阳返回，足以显示其神力盖世。王济是西晋太原人，武帝女婿，由中书郎累官至侍中，他喜欢养马,西晋学者杜预谓其有"马癖"。为保持马身干净,王济特意在马鞍下垫上布帛,不让马身沾到泥尘。殊不知,王济骑马作战疆场,从他视马如命这一细节,可以看出他满怀必胜信心。王纶和邓卓同时借竹抒怀,揭示出他们虚怀若谷的心境,诉述着他们忧国忧民的衷肠。

世人爱竹者甚多,诸如高贤逸士、文人墨客、达官显贵、商贾黎庶……苏轼对竹情有独钟,吟出"宁可食无肉,不可居无竹。无肉使人瘦,无竹令人俗"之千古绝句,达到"不可一日无此君"程度。郑板桥对竹直抒胸臆:"一二两三节,四五六片叶。可以迎风霜,亦能战冰雪。"苏轼、郑板桥笔下的竹,尽管形同神似,但此竹非彼竹。而竹桥的竹子,春竹之润,生机勃发,柔中带刚,蕴雷霆万钧之气势;夏竹之泽,茂密森严,拔地冲天,迎骄阳而不燥,沐雷雨而清雅;秋竹之苍,吟风吭云,餐露挥戈,观百卉凋零而不骄,知秋冬更替而不言;冬竹之劲,冰雪洗面,青翠依然,邀松柏而伴红梅,舞雪娘而醉冷月。这些特色在王纶和邓卓笔下"珠联璧合",就有了"风竹之气,霜竹之节,雨竹之操,雪竹之骨"。

竹桥因竹名噪一时,别处古桥也沾润光彩。清乾隆十六年(1751年)《信丰县志》记载的21座桥,诸如"嘉定桥、迎恩桥、长寿桥、锁铜桥、玉带桥、仙石桥……"尽在其中。

位于县城东端的嘉定桥,始建于宋景德年间,木桥名为"平政桥",淳熙年间修成浮桥,称"桃江桥",明万历年间官人甘士价进而修桥。1944年春,日军困兽犹斗,意图打通大陆交通线,年底战火烧到了赣南。为阻截日军,桥被炸。毁桥前夕,信丰民众黎明集合上早操,立正稍息开步走,保长传令念"新赣南家训"。新中国成立后,县人民政府拨款修建,更名"水东大桥"。城北西河出口处的水北桥,旧名虹桥,明洪武八年(1375年),由知县彭奉重修,更名为"迎恩桥"。清顺治七年(1605年),知县吉允迪率众复修为瓦桥,题名为"善人桥"。这两座均有官方力量做后盾的古桥，随时代变迁几次更名，民间视它们为"官桥"。而竹桥纯粹由平民捐建，历代百姓自发组织修葺，属于一座名副其实的永久牌"民桥"。

　　长久以来，人们把所有的注意力都集中在这竹桥上。他们或峨冠博带，或青衣布衫，用眼观察，用心谛听，行进在这竹景如画的光影里。河涌蜿蜒，穿桥而过，船舶停在河滩，静立中自有一种博大气势。农人像个水手，摇橹唱歌，扬帆起航，突出的是夸张的形体姿态，是手舞足蹈的大动作，是异常单纯简洁的完美形象……这样的情景，与王纶、邓卓绚丽的诗句层层叠加起来，平平常常的竹桥就有了一个响亮的名字："双诗之桥"。"双诗之桥"水流从"竹桥夕照"到"西湖夜月"，一路探幽，一路吟唱，齐聚桃江，奔向贡江。而那些被诗化的山光水色，恰好是信丰八景之中的精华部分。

　　我深深迷恋着竹桥，它将我平静的生活搅得泛起波澜。我带着烟雨，带着风絮，带着朦胧，带着虚幻，来到竹桥后花园"夕照"人家。我想寻找竹桥真实的姿态，不想它在我面前残忍地展示破旧身影。河水清清，辉映出客家风格的庭院，门窗鲜红如瓜子壳，墙壁洁白似萝卜心，修饰着细节，充实着意蕴。隔河相望的石壁、石像围满藤蔓植物，散发远古的雄风……我想，竹桥就是桃江版的周庄一角，但它无须和周庄套近乎。

东禅寻钟

一

"东禅"是寺庙的名字,全国各地有多座东禅寺存在,赣南信丰也有一座,为古时"桃江八景"之一。

信丰东禅寺地处县城水东村(信丰二小),桃江从它的西北方向环绕。北宋元丰二年(1079年),一位高僧少时出家修行,得道禅师,为深表敬师之意,建造了占地数十亩的东禅寺。僧侣们在此弘扬佛法,专修正道,当地民众无不感受到广博的慈悲佛心。明清时期,寺内挖了两口相连的水塘,种了一大片银杏,设立壶峰书院。东禅寺与壶峰书院合二为一,藏经楼、法云堂、修心轩一应俱全;禅房深处,花发天然文锦,曲径幽香,鸟鸣树茂,笙簧自在。沿阶苔藓青衣,满架荼蘼白雪;葵榴灼灼照眼,摇窗弄影;蒲艾青青盈庭,拂槛户生光;蝶入粉墙,翻飞难出;燕穿画栋,刷掠偏宜。

寺内之阳处有座钟鼓楼，吊了一口大如车轮的铜钟和铁鼓，左右并列，每到凌晨金鸡报晓诵经时分，钟鼓齐鸣，声传百里。铜钟发出多种奇妙的响亮声音，且余音拖得很长久，坊间将其比喻成"初一响了，传到十五"。每年除夕之夜，当地民众云集东禅寺，聆听钟声，辞旧迎新，祈祷平安。相传，皇帝得知东禅寺这口铜钟如此神奇，渴望一睹为快，便下令去找古钟运回京城。于是，一帮钦差护卫扛着这口铜钟从桃江河起运，走水路先运往赣州府。可是，当船行至黄甲山下的深潭时，天空突发暴风骤雨，大船被巨浪冲翻，铜钟沉入江中，善泅者几番寻找，始终杳不可得。据说，神器是成双成对使用的，一旦失偶，就不能让另一神器再发声。东禅寺失去铜钟，自然也不击铁鼓了。人们为了纪念这口铜钟，遂将落钟处（黄甲山）取名为钟井（现嘉定镇山塘村钟井小组），此潭叫作钟井潭。

二

东禅寺的铜钟声寂于何年何月，史料并无确切记载，而它曾经延绵不绝的脆响，连同其他串串印痕，却一直没有被遮住。它们储藏进了诗篇中，点亮了无尽的诗情。比如，明代王纶写下了《东禅晓钟》："云萝烟薜掩招提，桃水东边企岭西。上界钟敲半轮月，残更人听一声鸡。僧翻贝叶灯将灭，樵步云根路尚迷。明发嗟予骑瘦马，紫微回首玉绳低。"

细琢王纶妙诗，意犹未尽。全诗的意思是：蔓如云烟的紫藤遮掩着一座寺庙（指藤茎屈曲攀缘如云烟缭绕，招提是梵语的译音，寺院的别称）。东禅寺在奔腾的桃江东畔、巍峨的企岭山之西（企岭山，在巫山里，今古陂镇百吉），半轮月高悬，寺里敲钟的声音像从天界破空而来，悠扬的钟声如同五更鸡鸣，频催人们起身劳作（上界，指仙佛居住之所，也称天界，比喻东禅寺钟声如天籁之音；半轮月，指下弦月，即农历二十二、二十三的月亮，黎明时仍可见；旧时将一夜分为五更，第五更时称残更)。青灯即将熄灭,翻诵经书的僧人该休息了,跋涉到深山云起处的樵夫却可能迷路(贝叶棕的叶片,经特殊制作后可刻经文,此处指佛经。云根,指深山云起之处)。黎明后,可叹我还要乘骑瘦马赶路,紫微星隐去,群星落山,天将破晓,又一个不眠之夜过去了(紫微星即北极星,紫微回首指北极星将隐去;玉绳,泛指群星;玉绳低,指星星快落山了,天快亮了)。

　　王纶这首诗,通过一笔一转的视觉和一转一境的听觉,细致入微地描述了黎明前的众多景物,如东禅寺的位置和外景、僧人和樵夫的活动,抒发了晨曦之时的种种感慨,其诗意具有南宋"中兴四大诗人"之一杨万里《晓出净慈寺送林子方》《新柳》《过百家渡四绝句》《闲居初夏午睡起》《宿新市徐公店》的风格。这让人联想起浙江东禅寺,江西另一位大文豪苏东坡在修竹轩时题的一首诗:"清风肃肃摇窗扉,窗前修竹一尺围。纷纷苍雪落夏簟,冉冉绿雾沾人衣。日高山蝉抱叶响,人静翠羽穿林飞。道人绝粒对寒碧,为问鹤骨何缘肥。"

三

　　同为东禅寺,浙江东禅寺却受过多次战乱之扰。明嘉靖三十四年(1555年),苗、汉、壮、瑶等族人民以僧兵组成抗倭军队,明朝爱国将领张经率僧兵伏于王江泾西南(嘉兴北)的东禅寺,谨防奔袭杭州府的倭寇从天花荡陆地杀出。浙江巡抚李天宠率明军从东面越过连泗荡,将倭寇全部挤压到南面陆地。一夜血战,倭寇勉强撕开一道口子,仓皇逃往东南,明军乘胜追击,斩杀倭寇1900余人,从此嘉兴东禅寺也如同甘士价的事迹一样载入明史。王纶以信丰东禅寺作为一方圣地叹为观止,这是不是他有意识地设下某种悬念而有所指向呢?我们进一步分析"上界钟敲半轮月,残更人听一声鸡"这两句,似乎能领会其中的奥妙。

　　中国古钟有四种主要用途:主要用于礼乐的乐钟;炫耀宫廷威严用

的朝钟；用于报时的更钟；宗教用的佛事钟。周朝初期，出现了挂在架上的编钟。东汉时，随着佛教的传入和道教的形成，有了佛钟、道钟，作为法器悬挂于寺、观。唐代以后，朝钟、更钟逐步多起来。在许多名刹古寺里，高悬的钟是庄严的质器，它使寺庙更加威严。古钟引发了像"姑苏城外寒山寺，夜半钟声到客船""洪钟发长夜，余响绕千峰"这样的好诗名句，被后人引经据典。王纶写出东禅寺拂晓钟声的句子，也应有让后人记住东禅寺的用意。

而更呢？自古便有更夫打更之说，信丰城里打更历史悠久，直至20世纪80年代初消失。一夜分为五更，每更约两小时，信丰城不打戌时的一更，从每晚亥时开始打二更（晚上九点），每隔一个时辰敲一次，一夜敲四次。打更人多见老夫，晚上不睡觉，守着燃香计时，提灯笼敲打竹片和铜锣，沿街边走边敲巡夜报时，打一下又一下，连打多次，"笃笃——咣咣"。打三更（晚上十一点）时，一慢两快；打四更（凌晨一点）时，一慢三快；打五更（凌晨三点）时，一慢四快，打这第四次时俗称五更天，这时鸡也叫了，天也快亮了。信丰有句话叫"落手打四更"，指有了打更声，就等于报了平安。

纵观各地的东禅寺，几无与钟声、更声紧密联系的。比如，建于唐高宗咸亨年间的南昌东禅寺，仅见南宋绍兴年间进士戴孔目写诗赞云："天别一区寺院深，苍松万树古如今。疏枝漏影开幽迳，雅韵飘空当典琴。鸟过无知风雨避，人来哪觉霜雪侵。禅关隔断红尘世，凤在岗头鹤在阴。"创建于唐天祐三年的江苏昆山东禅寺，先后改名为"昆福禅院""慧严禅院"。始建于唐乾符年间的福建泉州东禅寺，清乾隆《泉州府志》卷十六记载："镇国东禅寺，唐乾符中，郡人郭皎、卓怪建，僧齐因居之。"而高明的王纶从信丰东禅寺传来的庄严、玄妙、和谐的钟声以及更声中，顿悟出信丰"黄钟大吕"之乐律、长治久安之气势。

四

东禅寺的铜钟，是与其建筑风格浑然天成的。走进它，像走进客家建筑文化的深处，既有围屋的严谨，又有宫殿的雄伟。宽敞的寺院，栏杆围成多边形三口古井，呈"品"字形排列，形成七星伴月之象，寓意喝了这"品"字井水，不管是为人、为学、经商都要讲究品德。寺内一道总门楼，接着还有三道门楼，对应后门直通后龙山，先前为防止强盗、土匪而特意设立的退路，后来水东人逢红白喜事，规定必经这四道门楼才能操办，这样以后的日子才顺风顺水，不至于进退两难。房屋为清一色的板石墙基，连成一体，排水沟用石块砌成，成为一个封闭式的防御系统。排水沟自南向北流入两口塘中，一条东西向直街小巷交接。巷道内两人相向而行，都和和气气地相让通过。

寺周的民居，甚至学堂，并排四栋或三栋式样，层层推进，相同的房子由耳门相通，多为上下两堂，中间一方天井，上露天光，厅堂采光，下砌石泄水，瓦檐水流入沟中，随即排出而不四溢，雨天往来并不湿脚。屋内墙壁、门柱、窗棂、柱磉、天花板等多有雕绘装饰。房子的空地上，隐约可见用青石板铺就的一个"本"字，后有一个"人"字，也可看成是天人合一的"天"字。本者根也，这个"本"字告诉一代代的人，不管身在何处，你的"根"都在这里，落叶归根，千万不可忘本。而"人"和"本"联在一起，与当今提倡的"以人为本"不谋而合。他们的先见之明着实令人叹服。

此刻，学堂里敲响了钟声，传出了读书声，由远而近，声声入耳。

西湖倾城

信丰古色"桃江八景",有一景名叫西湖。五百年前,王纶作诗《西湖夜月》传世,浓墨重彩了它的别致风韵,犹如"漓江风光甲桂林"画龙点睛。

西湖地处城外西北沙窝里一隅,人们最初移泥土修筑城墙,开挖出两处低洼沟壑。上游山脉河水流至数十里,汇聚大乐口顺入县城西河。河水到了秤钩潭地段转了个弯,抵达竹桥河,随即进入沙窝里。常年蓄水的畦地,形成了相互依偎的两口水塘,水满自溢沿北城下与桃水合流。沙窝里一带蜗居着肖氏家族,这里有三十多亩水塘,取名为"肖家大塘"顺理成章。

肖家大塘清水透亮,如镜似银,塘边芦苇丛生、柳树成荫,其景绝妙,便有了雅称"西湖"。王纶在《西湖夜月》中描述:"瑟瑟荻芦淡淡秋,湖光如练溯寒流。影摇波浸月中挂,气逼云笼天上楼。背踏金鳌银汉近,声飞玉笛素娥游。何时摆脱红尘鞅,七尺轮竿一叶舟。"从他的诗中,我们可以窥视到他当时百感交集的多重情怀。

据《信丰县志》(康熙年间版本)记载,作者王纶为"明江西参政王纶"。他留下《咏桃江八景》,仅仅是因信丰"饶谷多粟、比屋弦歌"触景生情而抒发愁怀,还是其他原因诱导有感而发?他当时的苦乐隐语,一般人不会去细细品味。而他抛开宋词或元曲方式,选择了唐代盛行的诗体吟咏"信丰八景",料想与建县于唐永淳元年的信丰有着耐人寻味的根源,这可谓信丰文化遗产中的一大瑰宝。

梦回那个秋天月夜,王纶来到西湖,只见淡淡的秋色中,天上一轮明月,呼应出渔火满目清影,他的灵感油然而生,一时竟不知路在何方,便于湖岸边行吟。芦苇摇曳多姿,似春心飞旋瑟瑟作响,与莺声虫语竞拍,如陈妙常和潘必正"琴挑"的弦外之音。微风拂过,水袖曼舞,欢鱼啜水;楼宇树木,倒影入水,气逼云笼;湖中月亮,映衬湖光,洁白如练。人们在湖边观赏夜月,仿佛踏上金鳌心旷神怡,眼前就是天上的银河,听见玉笛声音飞扬,顿感和月宫仙女嫦娥一同畅游。那种惬意非凡的场景,使他发出感慨:我何时能摆脱红尘的羁绊,尽情地在湖里用七尺竿划一叶小舟?此刻,孤而不寡的王纶或许借助此景思绪纵横,想到了贡江、章江汇合处,辛弃疾对酒当歌"江晚正愁余,山深闻鹧鸪";他可能还想到了文天祥过零丁洋的一声叹息"人生自古谁无死,留取丹心照汗青";他的思绪还可能漫延到茫茫赣江,想到王勃登临滕王阁诗兴大发吟出"落霞与孤鹜齐飞,秋水共长天一色"……因为,他已大彻大悟出"西湖"的"滴水之恩,当以涌泉相报"的精深哲理。

王纶的诗文字字珠玑,整首诗从首联、颔联、颈联和尾联均无华丽辞藻堆砌,亦无使用历史典故衬托,却自然而然地使人产生强烈共鸣,拍案叫绝。它以月为轴心,以点带面,表达了中国文化情感中最深切的部分"花容月貌"和当仁不让的风情。写作手法夸张,气韵十足,空灵的平仄、韵脚,丝丝入扣,无孔不入,构成了"名肴荼食,青楼风月，船舫游夜，抚琴吹箫，吟诗泼墨，垂钓赏月……"的幸福祥和氛围，给西湖秋夜平添了几分怜爱之美，浓缩出客家文化熏染下的精致品位。

因了王纶的《西湖夜月》，后人将诗名转化为"西湖夜月"景观。但在民间，"西湖塔影"流传甚广。其实"西湖夜月"即"西湖塔影"。肖家大塘与江南第一宋塔大圣寺塔，直线距离约一百余米，风平浪静时，站在湖边可以看见塔影折射塘中。遗憾的是，清乾隆年间"西湖塔影"被壅塞毁灭，塔影已杳如黄鹤不复存在。听闻县城下西门的老人传说，竹桥河对岸靠乌家岭方向有一口塘，城区周边只有这口塘偶尔能看到塔影，此景难得一见，唯有缘人才有幸目睹，且谁见谁发。而三国时吴赤乌年号《一统志》中的记载却与"谁见谁发"之传说相悖："信丰石塔无影，影见则有灾……"人们是不是信奉这一记载忌灾而避之？另据有关资料考证，全国各地的"八景"既没有一地（西湖）两景（"夜月"和"塔影"），也没有一地一景两说（既是"夜月"又是"塔影"）的先例。所以，"塔影"一景理当归类于"八景"以外。如今，《西湖夜月》有口皆碑已是亘古事实。

我的心事里藏着这个古典尚未揭开谜底的清雅世界，王纶尽善尽美的诗句仿佛轻轻地与我耳语，"西湖夜月"始终在我心头缭绕。深秋某日，我伫立桥北，兑现了这个遥远的约定，骨子里少不了诗体的抚慰。我对诗性的"信丰八景"，包括"西湖"在内，天生就有追寻到底的冲动。我以"水中望月"的视角，把它们的韵事尽收眼眸。

"西湖夜月"遗址四周，亭台楼阁、粉墙黛瓦、小桥、流水、人家，日新月异，变化万千。黄昏，竹林抹上烟波，似铺开的立体水墨画。往古塔楼层一站，塔下景观不用曲径过渡、花树遮掩，只要一眸眼，就有碧绿的水、悠远的山、出岫的云展现各种美姿，划出彩虹般的印迹……

灯火阑珊处，王纶诗中提升的"西湖夜月"境界像一块玲珑剔透的玉镜，照亮小城的日日夜夜，在水云间保鲜，在灵犀里弥漫。

月光皎洁，静谧无痕……所有的声音都隐去了，只有一个景致如梦幻般在荡漾，那就是倾满全城的"西湖夜月"。

七里听滩

一

看景不如听景。去信丰的桃江谛听"七里滩声",会收获意想不到的弦外之音。

桃江之水天上来,穿过青峰秀岭、斜雨秋阳,恍惚间流进信丰七里村。河道变窄,水流湍急,积起深滩,卷起漩涡,冲击石窟,声如轰雷,状似喷雪,取名"七里滩声",在"桃江八景"中先声夺人。

从地理角度来看,七里并非野水孤渡,它依附狗仔岭,峰险崖陡,怪石峥嵘;连接潭湖坝,山路绵长,蜿蜒起伏。《信丰县志》记载:七里滩声,旧时巨石纵横,怒流激涌成轰雷喷雪,沉牛奔马之险胜……滩声容易激发诗情,像南朝梁元帝写了巫山滩声"滩声下溅石,猿鸣上逐风",唐代杜甫写了黄牛峡滩声"黄牛峡静滩声转,白马江寒树影稀"。元代萨都剌写了石壁滩滩声"龙溪三月人上船,十里五里滩声喧"……

明朝王纶则写了七里滩声:"曲曲滩回转转山,无端震荡更潺湲。夜深惊醒蛟龙梦,沙畔容留鸥鹭闲。泊岸似闻河伯啸,倚台遥忆子陵还。寰瀛未必如斯险,千里乘风指顾间。"各有千秋,震古烁今。

五百多年前,那个霞晖渐褪时辰,王纶咏颂七里滩声的情景,让人产生多少悠悠遐想!诗中首联写七里河滩像山回路转一样曲折,急流突然震荡起来,犹如地动山摇。颔联写滩声之大夜里惊醒蛟龙,但沙洲上的鸥鹭却从容悠闲。这一"惊"一"闲"的对比,说明此景形成已久,连沙鸥、白鹭都司空见惯了。颈联借神话中的黄河水神河伯,如白龙游于水上呼啸轰鸣,烘托滩声巨大及水流湍急之势。尾联再次强调七里水急滩险,寰瀛少见,顾盼之间,河水一泻千里乘风而去。最精辟处是王纶应用了"子陵还"这个典故,跨过时空(汉明)之遥、地域(赣浙)之远,展开丰富想象,仿佛看到了大名鼎鼎的严子陵垂钓回来那闲适不羁的模样,流露出对他不慕权贵的向往和敬仰,同时暗藏着他鲜为人知的心事。

王纶博古通、以史为鉴精心设计的"刘秀三请子陵"情节,曾引发后人张冠李戴了"桃江八景"诗作者的身份之误。严子陵是余姚人(今余姚市低塘街道黄清堰村),原姓庄,后人因避明帝讳改姓严,名遵,字子陵。他年轻时就很有名望,后来游学长安,结识了汉光武帝刘秀,两人曾同榻而卧,交往甚密。刘秀登基称帝后,思贤若渴,征召他回来为谏议大臣,严子陵却十分鄙视追名逐利、一味投机的行为,婉拒不见,隐居齐国富春山一带,反穿羊皮袄垂钓于江滩(后人名之曰"严陵濑"),最终老于故里陈山乡野山水间,享年80岁。严子陵难能可贵的人品,当时知道的人并不多,直到北宋名臣范仲淹任睦州知州时,在桐庐富春江严陵濑旁建了钓台和子陵祠,并写了一篇《严先生祠堂记》,赞扬他"云山苍苍,江水泱泱,先生之风,山高水长",严子陵才以"高风亮节"闻于天下。

恰恰那时浙江慈溪（今宁波慈溪镇）也有个王纶（1453—1510年），字汝言，号节斋，明弘治甲辰年（1482年）进士，历任主客员外，正德中以右副都御史巡抚湖广。曾有后人联系他某年巡抚广东，疑似曾经途经信丰，怀古他的浙江乡贤严子陵而留下此诗，阴差阳错地以此为佐证，认为《咏桃江八景》诗由他而写。

而我们对"桃江八景"其他各景的每一首诗稍加综合分析，几乎明处暗地都与心学大家王阳明息息相关，类似其中一首诗中应用"戈在鲁阳光返照，马随王济障无泥"这种典故就更为直观，充分说明作者深谙历史官场，就是一位博览群书的文化官僚。未身居高位、不精通时政、无饱学多才的人，几无可能写出如此高境界的诗作。我们还从中解析出王纶与明武宗以及王阳明之间是非纠结的前因后果。这样两相比较，生于甘肃的江西参政王纶正好对号入座，《咏桃江八景》诗唯一作者的身份自然迎刃而解。而生于浙江的王纶，精于医道，在医学界享有盛誉，号称"治病无不应效"，就一般情趣而言，他更注重民众病苦和药物研究，他的医学专著《明医杂著》《本草集要》刊布于世，流传较广。因此，提出"桃江八景"作者为浙江王纶的观点，纯属巧合，确实有谬。

王纶的《七里滩声》横空出世后，不朽诗章余韵未绝，清代礼部主客司主事、被郡中文士推崇为"信丰黄氏三世"的信丰人黄世成，在他的《上桃江》《上滩》《下滩》中均与《七里滩声》作了呼应。《上桃江》写道："一水多曲折，巨石边相凸；风帆上急湍，挺篙看舵掜。天旋四山中，团绕如靛涅；遥峰忽开豁，烟光见明灭。阴云屯朔吹，天意正欲雪；舟中拥火坐，寒涕下隆准。视彼弄舟人，立水骨欲折；牵缆涩前行，谁怜指头结。"《上滩》写道："曾说江湖行路难，风帆日日赴长安；入山纵有蛇行路，何以江湖足崄湍。"《下滩》写道："休愁乱石积江中，长碍行舟恼舵工；但得长年称好手，滩声到处疾如风。"一远一近，一上一下，别具神韵。

二

　　王纶挥就《七里滩声》，于不经意间完成了一次永恒的文化创造，他登上扁舟过岸，并不是揖别而去，而是去灌木密封的狗仔岭探究一个民间传说的来龙去脉。有句谚语"咚咚锵，咚咚吵！驶着龙船快快跑，眨眼不见打鼓佬"，讲的就是桃江河两岸民众每年端午划龙舟的情景，划舟人经过七里滩声时拼命向前，有些舟上打鼓佬往往会被龙王"请"去再也回不来。岸上的妇女们则端来雄黄酒倒进河里，以求药晕蛟龙水兽，不再伤害打鼓佬。而这时，鼓声消失，滩声脆响，节奏均匀，似乎在沉痛哀悼逝者，与划舟人一道勇往直前。然而王纶遗憾了，对这玄虚传说的真相终究作不出合理解释。这只能印证，这传说是玄虚的。

　　事实上，七里乡民赛龙舟是"五月人上船，十里滩声喧"，无比的欢天喜地。他们把龙船的船头以木雕成龙头，船尾上刻鳞甲饰龙尾，颜色有红、黑、灰，加以彩绘。龙船上放锣鼓、旗帜，绘龙牌、龙头龙尾旗、帅旗，装上绣满对联、花草、龙凤、八仙等图案的罗伞。整条龙船狭长细窄，制作一对纸质小公鸡置龙船上，寓意去邪祟、攘灾异，保佑船只平安无事。端午节龙船竞渡，前三天杀鸡滴血于龙头上请龙祭神。祭过河神后，安上龙头龙尾，点香烛、烧纸钱，供鸡、米、肉、果、粽子等，做最后的竞渡准备。这些方式一方面有祭屈原之风俗，另一方面多祈求风调雨顺，事事如意，图个吉利。

　　正式竞渡开始时，划船手人数十个或十二个不等，都逢偶数，龙舟竞渡气氛十分热烈，像唐代诗人张建封《竞渡歌》中描述的那样："……两岸罗衣扑鼻香，银钗照日如霜刃。鼓声三下红旗开，两龙跃出浮水来。棹影斡波飞万剑，鼓声劈浪鸣千雷。鼓声渐急标将近，两龙望标且如瞬。坡上人呼霹雳惊，竿头彩挂虹霓晕。前船抢水已得标，后船失势空挥桡。……"鼓声、红旗指挥下的龙舟飞驰而去，快如飞剑，鼓声如雷；

终点插着锦绮彩竿的标志，龙舟向着目标飞快驰近……

信丰有句"点水成银，点石成金"的话被广为传颂，指的是狗仔岭一家老字号酒厂，酿酒时用一种叫麦饭石的石头将取自桃江的清水过滤净化，制造赣石、谷烧、南山、金杯老窖酒，酒质醇和、窖香浓郁，闻名遐迩。有首歌的歌词是这样的："赣州南，有梦水，丰饶信义酒中酿。老酒坊，溢浓香，一杯一盏诉情长……"

信丰烧酒同米酒一样绵甜爽净，远近飘香。他们以五甑"滴窖降酸"和"滴窖降水"方法酿造白酒，每窖放一甑回糟，下面四甑粮糟，除去窖皮泥起出面糟，蒸得的糟酒回醅发酵，配入高粱粉蒸出酒来。窖池深藏在建窖时预先挖好的水坑里，铺上一层麦饭石，出窖时抽尽发黄的水，进入下一道工序。

为什么麦饭石能净化水质呢？这里有一番来历。20世纪40年代，日本侵华军中一小分队被信丰坑头游击队打得落花流水。一个日本兵腿部严重受伤，先用溪水清洗伤口，草草包扎后，坚持每天用溪水清洗伤口。一周后，他的伤口愈合了，便急急逃跑……他回到日本，一直对伤口的自愈百思不得其解。80年代初期，他再次踏上中国土地，来到坑头寻找答案，终于解开藏在心中四十多年的谜：原来在他躲藏的小溪一带，蕴藏着大量神奇药石——麦饭石，流了数百年的山溪水就成了消毒药水，无意中挽救了他的性命。一石激起千层浪，赣南麦饭石和桃江水在酒苑中大放异彩。

远方客人来到"七里滩声"享受江风，往往忽视了七里这个不显眼的村庄。而我，在一个深秋，独自进了这个神秘的村落。

整个村子，土木房屋盖满青砖灰瓦，许多空荡糟乱，有的只是堆放着一些零碎杂物，有些墙角长满了蒿草，像黑白图片那样斑驳沧桑。村子里不见一个人，一禽一犬都不曾出现，悄无声息。村民应该是建了新居迁走了，保留了旧宅。我行走在这荒凉而逼仄的泥路上，有几分恍如隔世的感觉。一处略显高大的陈旧祠堂，像是带有纪念性质的建筑，房间朝阳正对庭院，玻璃、窗棂、家具颜色幽黑，透出古典况味。外边竖着一块长形马条石，刻着密密麻麻的繁体字，我读不懂是什么内容。它可能记录了哪朝哪代"七里赛龙舟"的过程，抑或王纶某年某月某日到此一游的趣闻，都很难说。

滩声呢？去了河床清"嗓子"。

五团望仙

信丰县城桃江西岸有处"五团仙迹",是"桃江八景"中最富有传奇色彩的景观。

"五团仙迹"显现在山塘村口(信安公路桥)河段。坊间传说,某年春汛期间,桃江河水暴涨,眼看两岸农田和房屋要被淹没,恰巧两位身着旗袍、头挽发髻的仙人下凡于此,一仙人腾空而起,手指河中央,水中立时浮起五块形状像棋子、大小如磨盘的石头,四石各据东西南北一角,一石摆四石中间。他们以中间石当棋桌,以另外四石为棋子,展示轻功踩踏水面,坦然自若地对起弈来。四枚"棋子"围绕轴心搬来搬去,始终浮出水面,中间棋盘石像稳根的轴心一样纹丝不动。河水随石头的移动而起起落落,他们也随河水而摇摇晃晃,却不被河水淹没。这局棋不知下了多久却不见输赢,而桃江河水就再也涨不上来,避免了一方百姓遭水灾之殃。待玉帝召他们回归,二仙匆忙间留下五团仙石,耸身乘风,无翅而飞,浮游青云,上造天阶……不知过了多少年,仙人留下的棋子纳桃江之风水、衔南山之龙脉,衍化成团圆的巨石。

五团仙石不因微波涟漪而斜，也不随波浪翻滚而倒；仙人对弈不为"幻尘有凫"分心，不因"深洞无犬"走神。曾经，有多少人是冲着这个传说而来，想一睹五团仙石"鹤游天外，鸾跨池边"的风采，寻觅仙人足迹，沾些"仙"气回去，以求"野多滞穗，亩有余粮"，但他们却没能遂意如愿……"二仙对弈，心如止水，棋逢对手世间少有"，因而这五团仙石又叫"双仙棋台"。遗憾的是，20世纪80年代初，毗邻的信丰糖厂建水泵房，将这五团大石炸毁，这景也就销声匿迹。

虽然此景已荡然无存，但其诗意永放异彩。明代王纶《五团仙迹》诗咏："五团仙迹太荒唐，舟转如何见保光。尘幻有凫归王子，洞深无犬吠刘郎。鹤游天外人三世，鸾跨池边月一方。欲向蓬邱问消息，碧云弱水两茫茫。"首联写五团仙迹奇特得令人奇怪，船在此转动保持光彩。这里的"荒唐"实则反语，是令人意想不到的意思。"尘幻"即尘世，佛教谓"色、声、香、味、触、法"为六尘，道家称一世为一尘。颔联写在这里下棋的仙人沉迷棋中，不管世上野鸭归王子，仙界鸡犬难以升天。"凫"为水鸟名，俗称野鸭。"王子"是贵族子弟的统称，"刘郎"指汉淮南王刘南。接着写了仙人沉浸于在棋中鹤游、鸾跨，不顾时光流逝。尾联写仙人下棋后想了解人间消息，却一片茫然。"蓬邱"指众人聚居处，"邱"是丘的异体。"弱水"指水道水浅不能胜船，只有皮竹筏交通。

在王纶眼里，此时之水与始时之水不同，更与他人眼中之水不同。他的修养意识、心境皆化于其中，寄托于其中。他听山风出于耳，览桃水出于目，诗心出于意，意根于性，随性而出，随笔而出。至于此，他能即景为诗，言志言情，景与志与情合一，显意显情，象与意与情合一。

我们从王纶的诗中，可以还原出"五团仙迹"的种种景象。两岸绿树扶疏，田畴涌翠，春天，树、草像一阵烟雨蹿出，清香弥漫。夏天，河水仿佛一块翠玉铺开，晶莹剔透。秋风删繁就简，水瘦了却更清了。冬天河水泛着微黄，不清不浊，河石露出风骨，俨然一幅泼墨图。河水滋润着两岸风物，也滋润着两岸码头。码头上船来船往，顺流而下的，逆流而上的，载着官僚贵族、平民百姓以及民风民俗，都在河面上繁忙。船行至"五团仙迹"，船夫可以看见漂浮在绿波上的五团巨石光彩熠熠。这光，白天辉映太阳，光芒四射；夜晚犹如航灯，指引小舟大船……

一种独特的方言在这里流传，像"肯爬起（起床没？）、替哪艾（去哪里）、那艾（那里）、怪艾（这里）、打个道（去一趟某地）、表了（不要了）、表紧（不要紧）、尖干（竹制品）、感（稻草）、艘大了（本是说吃得多了，另意指占了好处）、皮里扑落艾跑得替（指人对某事好积极，神速赶往现场）……"，与赣州城里话相似，与乡下客家话不同，成为城区人的"孤岛"语言，这与王纶的好友王阳明有很大关系。

史载，明朝正德年间，江西南部爆发农民起义，朝廷从广西桂林、柳州一带调来狼兵镇压，时任赣南巡抚的王阳明奉旨征战，数万军队驻扎在赣州城内，规定不会说桂林、柳州"官话"者不得进城。信丰农民起义尤为突出，王阳明又屯兵信丰，用类似赣州城的办法来识别和防御义军，久而久之，信丰城话与赣州城话成了姐妹话，这说明王阳明在信丰驻军时间较长，与信丰的政治、文化、经济、军事等有着密切的关系。如今，桃江西岸有条阳明路就是为纪念王阳明而命名的。

岁月苍茫而去，河水依旧涌动不息、响彻光阴，姑且不说桃江是古代南北水陆交通的动脉，是显赫一时的运输渠道，单单说它留给我们的思考就足够盛大了，它流淌的不仅是河水，更是客家子民纵马奔腾的血液；承载的不光是帆船，更是客家人坚韧不拔、负重前行的性格，崇高的创业精神，也彰显着他们的勇气和信心。桃江没有风花雪月的柔弱，有的是繁体的清韵和气概。

嘉定小城倒映在桃江，流动在西岸。东边，粉墙黛瓦的民居，一两层高的小院落，有长长的绿化带，有自家的菜地，有停泊的小船。北边，一间紧挨一间的商铺和饭庄、茶馆，名字都挺特别的。两岸景观相对应，一切都显得自然真实，透着"五团仙迹"无须打磨的独有美感。

　　人们在这里信步闲游，是那么的诗意。在河边，无论什么时候，都有垂钓者"取适非取鱼""独钓一江秋"，索性品茶、喝酒、嗑瓜子；情侣喁喁私语柳树下，带着眷恋，带着牵系，带着风情，放飞爱情的祝福和心愿；孩子们拿着小网捞小鱼，再放回水中，风筝在天上飘着，纸船在水里浮着；女人半蹲，弓背捣衣；学生对着风景写生。

　　夜幕降临了，南岸的一串串红灯笼亮起来，活像一串串冰糖葫芦。临河餐厅的雕花大窗里，也晃动着许多身影，揭开一段相互心折的夜话。酒酣话别，夜也深了，河上游船也歇息了。河面上荡漾着许多亮闪闪的烛光，河水瞬间缀满梦幻的色彩……信丰人心性里的细腻与温馨，在这里随处可以留下印记，诸多领域的庞大信息，在这里都能成为高瞻远瞩的象征。

　　如此，"五团仙迹"依然活灵活现。

谷山翠云

一

两山间低凹狭窄处谓之山谷。"桃江八景"中有一景叫谷山。

谷山镶嵌在信丰城外大阿南端,以突出的海拔高度,一山衔三地(嘉定、大阿、正平),属"三省通衢"要塞。大阿最初被称为谐音"大窝",那片旧谷山军用机场遗址,足以佐证它的平坦空旷,古时民间多有流传,它与邻乡正平误唤了称谓沿用下来。谷山占据地理概念上的鳌头,呼应桃江支流谷水龙脉而得名。明代王纶作诗《谷山积翠》:"砥柱分明插太空,棱棱气势更葱葱。佛头突出僧岚外,鸢尾斜拖杳霭中。浓淡黛分如罨画,高低碧立自玲珑。等闲登眺归来晚,争讶仙郎月下宫。"清人黄文澍在《游谷山及仙济岩记》中写道:"登谷峰之顶,俯瞰城邑,台榭楼观,近在目前,闽山粤峤,可揽而接。"谷山连同一脉相承的北江源头油山,被冠为当地群山中的"翘楚"实至名归。

谷山窖藏故事传奇、名胜古迹，贯穿古今耳濡目染。早先，传说谷山有处岩石洞穴，像一座打谷机，每到晚上便会发出磨谷子的声音，清晨谷子就会从石缝间流出来。这山洞里怎么会溢出稻谷来？山洞里每天流出多少稻谷？忽略不计。只知晓山间有座小庙宇，住着十几个和尚，食用这山洞溢出的稻谷，喝庙边渗出的泉水。有一天，老和尚下山去了，小和尚嫌这出谷口太小，拿钻锤将出谷口凿大，企图让里头多出谷子。可这一凿，石头竟流出血样的东西，流出的谷子越来越少。过后，石缝里停流谷子，出来少许砻糠，再往后砻糠也不出了。更奇怪的是，庙边的泉水随着谷子的停出，也"咕噜咕噜"不滴了。庙宇断米竭水，加上天干旱闹灾荒，庙里无粮食保障，和尚们只好各奔东西。从此，这庙宇荒芜了，剩下一堆废墟。后人从这个故事总结出，"谷山出谷"是天神给予这方水土的恩赐，却被小和尚破坏了风水，得罪了天神，导致功亏一篑。

油山的由来与"谷山出谷"的传说如出一辙。据史书记载：孔子南支后裔孔毓炎，他的祖先孔温宪因避兵乱，于公元824年隐居油山峰西南边平行（今油山乡平林村）。他四处筹集资金，在山峰东面半山腰修建了一座名叫净明院的寺庙。相传，宋高宗绍兴九年，净明院长老得道成了腾云驾雾的仙人。有一次，他带一群和尚去虔州一带化缘，带回一桶食油倒进山里。过了几个时日，净明院右侧石壁下一处小洞口，便不断流出食油。流出来的食油，不管寺里人多人少，总是够吃。后来，有个"贪心不足蛇吞象"的人，为让洞里流油更多，装出去卖掉，便把洞口拓宽凿大。结果，里面不再流油，流出了黄色锈水……好在它以旖旎的风光挽回了面子。孔毓炎作诗一首："油山如画翠连天，数染青云草染烟。百尺松衫倚屏列，一庭佳气荫阶前。"

信丰有句俗话"心大出砻糠"，告诫人们要安分守己，据说便是出自这两则传说。我们有理由推测，"人信物丰""饶谷多粟"是从这里演变而来的。

二

警醒世人的传说口碑载道，吟景抒怀的诗文回肠荡气。谷山糅合着古老的故事，又被历代文人骚客、风流名士的诗词所浸润。王纶的《谷山积翠》堪称描摹谷山的杰作，世代流传。后人根据他的诗句，以书法、绘画的艺术形式再现它的四射魅力。王纶的诗充满景物观感和想象回味，思想意境精湛深邃。诗中写到谷山高峻，像插入太空的砥柱，棱棱葱葱。其峰崔巍，重峦叠峰，岚黛欲滴，望之如翠浪摇风。山顶像佛头，突出于云雾之外，山脉似鸾鸟，斜拖在云气中。谷山佳景绝色，黑白浓淡，犹如覆盖的长画，高低碧立自成精巧。他登山眺望，不觉归来已晚，莫不惊讶地感到，自己犹如仙郎去了一趟"月下宫"。

我们完全可以奇想，王纶当时行坐谷山，眼神炯炯，望着古树鲜花，清静幽雅，心境格外安定和愉快。他又触景生情，遐思到虔州城外的江南第一石窟通天岩，同朝为官的南赣巡抚王阳明留下诗句："青山随地佳，岂必故园好？但得此身闲，尘寰亦蓬岛。西林日初暮，明日何来早。醉卧石床凉，洞云秋土扫。"身为江西参政的王纶，必定走过许多地方，山水固然各有其特异之点、动人之处，但他竭力推介、夸张谷山，说明谷山在他的心目中不可割舍，不只是其山容水色的美妙，他完完全全融合了自然情感和人格精神。正如苏轼的一首《琴诗》："若言琴上有琴声，放在匣中何不鸣？若言声在指头上，何不于君指上听？"穿越时空，余韵回旋。

三

品读了先贤们不朽的诗作后，人们沿着他们设计的诗歌之路，走进谷山体悟山魂，实为一件快事。往谷山峰天台一站，远眺肩架峰、野猪峰、十八坪、鸡毛坳、大侠坳的容颜,像观音,似石羊,如笔架,若山鹰。迎客松、人参果、八角树蓊郁复清苍茫劲秀,百鸟争鸣展翅北飞,如利剑插天朝南直劈,野猪、狐狸、穿山甲若隐若现。百米悬崖奇石怪现,披纱带雾浓淡交叠。泉水吟潺处,放生池里金鱼畅游,金光浮影。《十道志》所载"唐朝有金鱼,南康有五色鲤",指的就是谷山鲤鱼。《信丰旧县志》所载"南山观内有井出金鲫鱼",也是从谷山放生过去。

谷山岩洞内、湿石上或石缝中,独长数不清的翠云草。相传,谷山脚下的谷山村有户人家娶何氏为妻,何氏善良贤惠,勤劳持家,却不为婆婆所容。有一天,何氏去谷山上打柴,刨出一只藤蔓牛嘴笼子,将它提回家中。她的夫君牵牛耕地套上这只嘴笼,藤笼顿生嫩草,牛总咀嚼不尽。某夜,一仙女托梦给何氏,吩咐她将笼子埋回原处。次日何氏依瞩行事。当晚,仙女又在梦中点拨她:"谷山已为你造好了宝月寺庙,你该归寺庙了。"何氏从此回归仙境,山地上随即长出翠绿的草茎——翠云草。

翠云草株态奇特,羽叶似云纹,带蓝绿色荧光,四季翠绿,清雅秀丽。《植物名实图考》云:"翠云草生山石间,绿茎小叶,青翠可爱。"《纲目拾遗》谓:"其草独茎成瓣,细叶攒簇,叶上有翠斑。"《群芳谱》亦云:"性好阴,色苍翠可爱,细叶柔茎,重重碎蹩,俨若翠钿。其根遇土便生,见日则消,栽于虎刺、芭蕉、秋海棠下极佳。"将其夹放书中,翠色经久不褪。翠云草除可供观赏,还能药用,清热利湿,止血止咳。《群芳谱》录之:"人多种于石供及阴湿地为玩,江西土医谓之龙须,滇南谓之剑柏,皆云能舒筋活络。"

谷山翠云草年年岁岁茂盛着,别处山岭长出的却稀稀疏疏。

四

事实上,谷山有座住僧上百人的叶公庙,这庙系祭祀晋代九江太守叶率建成，古《南康志》载："晋朝九江太守叶率因辟刘曜乱，奔南野谷山。"唐朝贞观年间又建宝月寺，明朝高僧日御学佛于谷山，佛学精深，书法精湛，做过住持。康熙二年，信丰县令提议日御募建信丰嘉定桥，历时八年而成……这事记录入日御亲修的《谷山志》中。光阴荏苒，宗教信仰兴盛，某个年月，谷山人伐木修路，盖起棚屋，捐资修葺宝月寺，附属了江南建筑风格的积翠广场。

宝月寺正门的一副对联"烟霞清静尘无迹，水月空虚性自灵"意味深长。大雄宝殿、观世音佛堂、弥勒佛堂、仙娘坛、佛龛神像雕塑，飘逸空灵的檀香；藏经阁、望佛台、望佛走廊、唐僧道、八仙过海、大佛门、东佛门、南佛门、禅定床和长城墙，融八面来风；试剑石、塔林、仙人桥、六角井，集日月之光；长青泉、积翠湖、宝月湖、谷山湖、日月湖、星辰湖，水质清澈甘美，四时不涸；望日亭、望月亭、望星亭、望辰亭，四周老树幽篁，遮天盖地。

寺内刻有一段铭文："夫真谛玄妙，法性深寂，开物道俗，非言莫津是以如来设教，会于义空之门，法王演音，应乎群有之境，药师弥陀一体双照观音势至。座台金莲，当来下时弥勒，尘尘性土，刹刹法身，示众生之心佛，收诸佛于自心。你正对圣容，口无杂言，断诸嬉笑，意不散乱，屏息万缘，内心既寂，外境俱捐，契悟真源，研究法理，如水澄珠莹。云散月明，义海涌于胸襟，智狱凝于耳目，取莫容易，实非小缘。请开心头本愿，启三重行门，达诸佛甚深行处，消如来心内众生，令诸有情敬香忆会，礼拜供养，所愿皆满，殊胜难思之法，诚为一大事因缘。"笔法遒劲，觉行圆满。一波波佛教信徒来到宝月寺顶礼膜拜，去供奉台插上咫尺长的红蜡烛燃烧，到隔着栅栏的厚地毯上跪下叩头祈祷……

晨钟悠扬，暮鼓铿锵，灵动了谷山的底气和神韵。

桃水追蓝

  信丰的桃江,是沿着一条古诗之路抵达贡江的。
  桃江发源于全南饭池嶂,邑旧志《嘉定桥》和《文献通考》均有记载。它经过龙南九连山,汇渥江濂江两河后,直入信丰境内花园湾,宛如一道七色彩虹,左右映带,潆洄旋转。春末夏初,下过阵雨,天空鲜碧如泻,农田清洁如洗。船舶驶过,水纹远远漾荡,水面清澈透骨,辉映南山、狗仔岭,折射花园、嘉定桥,倒影飘浮浇绿泼蓝,水天相接,幻化出海市蜃楼般的美景。历代文人雅士捕捉这一奇观借题发挥,吟诗赋词不亦乐乎。明代王纶写下深刻鲜明的《桃水拖蓝》:"闪闪波光漠漠烟,烟波万顷自年年。浪翻垂柳影难辨,痕染浮萍色更鲜。腻网沙柔青似颠,濯缨水溜碧于天。船头彻底分明见,不用燃犀照九渊。"飘着墨香,透着灵气,永照汗青。
  明朝某个时日,王纶背负云朵,流浪天际,走马桃江,想想一些人,思思一些事,信心满怀,踌躇满志。王纶从花园头漫步到花园尾,与河水保持恰如其分的距离,远观而不亵玩。他被"雨晴山泼翠,溪净水拖蓝"的颜值所感染，左手挽袖搭背，右手托腮抚须，抑或想到了元人张可久的"隐隐鸣鼍，嗷嗷旅雁，闪闪飞萤"，北宋王安石的"万绿丛中一点红，动人春色不须多"，随即妙语如珠呼之欲出。

王纶诗中的首联，写了桃江在太阳照耀下波光四射，烟漠蒙蒙，渊然万顷，碧波黏天，直上千仞，静态美感跃然纸端。颔、颈两联突出桃江纳涧汇溪，清流急湍，浪波翻动垂柳霞影，痕染白绿紫红交叠的浮萍，色泽鲜艳倩影难辨，动态形象惟妙惟肖，与首联的娴静合拍呼应，充满生机与活力。另外，颈联、尾联分别以昼夜为主线，相互印证桃江河无论何时皆清澈见底、碧绿分明。同时，又借桃水可以洗涤打鱼人的衣冠丝带，暗示桃水源正水清，像燃犀，明察事物，洞察奸邪。这两联表达了他的政治追求及为民情怀，他希望自己能够像桃江水一样，永葆清廉高洁的人格操守去勤于政事。

王纶寄托桃江水将那些隐匿在大明王朝中的"怪物"显露出来，使其无处遁形，发出了他愿意清除王朝内佞臣贼子的含蓄心声，犹如贾谊《吊屈原文》所说："袭九渊之神龙兮，沕深潜以自珍。"他的一番良苦用心显然是善意的、爱憎分明的，但令人迷惑的是，最终他与王阳明的政治倾向完全是两个极端。避开不谈政论，从王纶迷山恋水、临风作诗这一点，一方面可印证他的仕途磕磕绊绊，另一方面可说明他继续朝着某种志向勇往直前。

往往，中国官宦"居庙堂之高"时喜欢赤红金黄，而"处江湖之远"时偏爱浓墨深蓝。都说蓝色这种色彩，素和雅结合完美，最有广泛民众基础，象征冷静理智和博大恢宏，有超凡脱世之气。王纶游毕桃水拖蓝景点，必定还会去别处"煮酒论道"。他不易察觉的信念随景物而滋生，很大程度上对是非顺逆、得失冷暖漠然置之，希图自己山重水复的处境能够柳暗花明又一村。因此，他深藏不露的聪明睿智无疑是积极向上且值得肯定的。

桃江枕着诗情，穿越时光胸膛，造化了这方水土人杰地灵，比屋弦歌。一群日出而作、日落而息的中原古人，依河而居，刀耕火种，理想变为庄重，情感兜出诚意，在河水深处蒂固根基，在河岸高处播植希望，焕发生命新的意义。他们懂得为桃江水而快活，一旦失却了桃江水，也就丢掉了精气神。

霞光万道，旗帜飘扬，染红了一江桃水。土地革命时期，毛泽东同志到过信丰，在桃江新屋里居住多日，给县苏维埃政府送去10支步枪，宣传发动农民起义，挑来桃江水泡茶招待志士，然后转道广东南雄增援红三军团，夺得"水口战役"的胜利；项英、陈毅等老一辈革命家在信丰油山一带领导了赣粤边三年游击战争，在桃江印下了坚实的足迹；曾思玉中将、郭一清烈士在游洲村喝着桃江水长大，少年时代离开家乡走上革命道路。

中国工农红军二万五千里长征，在桃江留下了不可磨灭的印迹。1934年10月，中央红军从于都、赣县王母渡至信丰县一带，携大量辎重渡过桃江河。时任红一军团二师通信班长的曾思玉，带着步兵排、挑夫率先来到桃江河，紧急扎竹排搭浮桥抢渡。在北岸驻守的国民党士兵不断用机枪、步枪向作业现场扫射，曾思玉不顾头上"嗖嗖"呼啸的子弹，同工兵一起绑扎了六十多只竹排，架起了浮桥，不仅保证了红二师将士强渡桃江成功，而且让军委纵队和后续部队安全渡过了桃江。可惜的是，红三军团四师师长洪超率兵突破第一道封锁线时，献出了年轻的生命。时任红三军团四师十二团政委的张爱萍肩负重担，以甬道式队形抢渡桃江，此后沿粤赣、湘粤、湘桂边西行。"抢渡，抢渡"的号角，伴随着当地民众的民歌樵声、红军战士行军的铿锵步伐，在桃江留下了许多耳熟能详的渡河故事，永载长征史册。

歌曲《我的祖国》中唱道："一条大河波浪宽，风吹稻花香两岸，我家就在岸上住……在这片辽阔的土地上，到处都有明媚的风光。"意气风发，响彻云霄。桃江仿佛也沾上了这首歌的光，尽显四时本色：春来，明光潋滟，沙鸥点点；夏至，晴空万里，雨水滋润；秋临，橙黄橘红，清香一片；冬至，凌寒剪冰，江风戏雪。

暮春时分，人们沿着林荫步道，行走于鹅卵石铺设的地面，去欣赏靛蓝弥漫的桃江，极易发潜阐幽。远望近观，青苔翠滴滴的长满山道，杜鹃红红火火的绽放岭间，藤蔓攀枝无限舒展，渗透进桃江"终朝采蓝"，给人一种春秋的错觉。桃江在寥廓的天地间奔涌，水云迢迢，浩瀚森森，每一处都是一首透亮的诗，映得你的影子和天光云色一起冲进诗中。阔大的河床，因为水清，河底的细石、沙砾一清二楚，一串串小气泡扶摇而上，摇荡心旌。从天而降的蓝，蓝得清纯，蓝得典雅，蓝得秀气，蓝得朴实。它像块不落凡俗、不失明快的调色盘，与红绿混糅、黏合、涤荡，闪烁着绸带般的光泽。无论你明眸中的色彩多么斑斓，都将融入天之蓝、水之蓝、梦之蓝。

多少年来，每天清晨，桃江两岸的家庭主人起床后的第一件事就是打开门去桃江河挑水生炊。他们前往河边，弓身弯背，手抓桶耳，往河里扑通一舀，用力一提，水就盛满了。随着沿路竹扁担"吱呀吱呀"地摇，圆木桶湿漉漉地滴水，瓷缸"哗啦啦"的倒水声就像一支歌谣，永不停歇地唱着。村人除了饮用桃江河水，衣服、菜蔬、农具都拿到河里浸泡清洗，这样，他们才觉得干净卫生，踏实放心。谁家生娃添丁，索性按照桃江的历史沿革，变着法子取个乳名，什么梦江佬、河崽拐、桃涛仔、蓝水牯……排出来一大溜，可以组成一支龙舟队。叫唤伢子回家的方言，在村里进进出出，在河边此起彼伏。

如果哪天你也迷上"桃水拖蓝"，可别忘了点个"赞"。

香山行吟

  信丰香山,似一尊倒立的香炉,无数春秋造就了它的旷世奇景。

  小时候,我听大人讲香山,充满遐想;年过不惑,我登临香山,别有一番滋味。2016年初夏,信丰县拍一部本土旅游爱情微电影《香山恋》,剧组选中了我扮演香山脚下一所小学的校长,许多外景圈定在香山。开拍前夕,我对香山的前世今生费了些心思去探究。

  香山海拔近800米,横跨安西、小江、虎山三个乡镇,峰林、奇石、陡崖造型奇特,地层泥盆纪石英砂岩、古近纪砂砾岩满山遍布,形成了雄、奇、险、幽、美的"十景"。据清康熙五十八年《信丰县志》记载:"香山,在县南八十里,峰九十有九、小溪十八、产异药,有鹰石、三天门、绵香石、蜡烛石、龙湫诸胜。"

  正是桐梓花开时节,香山天日吞吐,云霞清幽,空清气爽,花飞满地。那天一大早,我同拍摄组一行来到香山踩点。我们选择了从西边小江镇柳塘村上香山,约了原村支书邓东方做向导。我们来到香山脚下的山香屋场,小组长江师傅捧出《信邑龙坪江氏族谱》,里面记载了香山的兴废及重建之事："香山高以仙为名，水深以龙为灵……山中有一处龙潭，用来抗旱祈祷。山上有芝草等药物，病者得芝草不旋踵。"还载入了信丰籍举人、浙江衢州通判曹明在明成化四年（1468年）写的《建香山记》，他在详述了香山建庙的经过后盛赞香山。信丰籍明贡士、永宁县教谕俞琳，明万历辛卯（1591年）秋月，回归乡里策杖南乡之龙坪香山，见香山美景，徘徊不忍离去，由衷地发出感叹："与山僧偕行，寻其胜概，第见其水自岭层而折，不窃凝瀑布泉不过是焉。其石有类人者，有类物者，有类飞者，有类立者……此山佳景，图中备矣……"

听到一个民间传说惟妙惟肖：香山是一个朝官见之下马、出真龙天子的地方，山下有河名龙迳河，龙迳河中有许多巨大的鹅卵石。相传古时有仙人准备将龙州圩的鹅卵石变成猪赶到龙坪圩去修建州府，走到半路上遇到龙坪人，问有无看到一群猪，龙坪人回答只看见一堆石头，于是石头又变回原形，留在了龙迳河。明代有诗写龙迳河的情景："屹然捶立苍天畔，一炷蜿蜒此护勤。次有龙蟠频舌乖，办回鹞羽点治文。秋空营过新添火，石冷烟疏半接云。长向天门终不烬，东风射我众芳薰。"如今河上建了两座电站，成了水上乐园。

窑岗村与柳塘村交界处，山路旁有一处"仙牛迹"。传说，从前安西老表的农田需要用小江龙坪烧出来的石灰，安西老表挑石灰过崇十分艰辛。有一天，一个安西老表正在挑石灰过崇，有位神仙下凡到半山腰上，看到他们喘着大气，浑身汗湿，问道："老兄挑石灰上崇，辛苦吗？"谁知此人生性乐观，唱道："上崇当得过横排，下崇当得唔成开（挑的意思）；唱支山歌过个坳，就是神仙难当伢（我）。"仙人听后哈哈大笑不见了。后来，人们发现泉水旁石壁上留下了一串清晰的仙牛足迹，方知神仙是来犁路的，以使百姓通行便捷。从此，这个山坳被叫作"仙牛迹"。

我们登至半山间，只见群峰崔巍，怪石林立，一座形似巨鹰的奇石耸立在悬崖之上，它鹰头朝东，神情严肃，仰望着天空。邓东方说，老鹰石高约 11 米，宽约 3 米。这块巨鹰石与另一巨石相距近 1 米，形成了一道 10 余米高的一线天，缝中夹一个卵状岩石，时有坠落之势，险象环生。传说，一日巨鹰停息在大石之上，产下一卵，不巧该卵滚落两石之间的夹缝中，巨鹰无法将其取出，只得站于巨石之上，日夜守候，如此年复一年，竟化成了石像。正如诗云："凌霄展翔热赐多，恬淡深山冷涧何。漫折矢弦疑石虎，甘依荆棘蹲铜驼。肱挥偶与顽童狭，株觫何妨狡兔过。物我两忘真自在，悠悠岁月任消磨。"

邓东方指着不远处竖插树枝的石头告诉我们，那叫"撑腰石"。他打趣说，只要在这里往石头缝中插一根小树枝，就可以减轻自己的腰痛。我们走到此处"入乡随俗"，从地上拾起树枝插上，算是对自己的健康许下一份祈愿。撑腰石过去，石壁和岩洞星罗棋布，峡谷上方落差近 200 米的瀑布，多叠层次飞流直下，三个似禅修的大岩洞，能容二三十人，这些洞取名为"哀道人岩"（今名仙人洞），岩石处尚存"万山道人选岩住入"字迹。《石仓志》上说，"岩曰哀道人，在香山九十九峰之巅，深广可坐数十人，旧传有羽衣坐其上。""昔人见百鹤翔集，各止一峰，其一回旋无所止，群飞去，巅有哀道人岩"。

这时，摄制组的张鹏飞即兴念起了一首古诗里的台词："山最清奇水更幽，甫登绝岩复临流。邃谷只言多虎伏，深潭何幸有龙游。潜藏鳞甲遵时晦，喷薄蜿蜒给物求。对此低徊不忍去，炎炎九夏若三秋。"女主角小范也兴奋地以古诗应和："山以仙名信不讹，此中遗迹亦应多。我思选胜寻残灶，客喜探奇见烂柯。石窦乳垂穷岁月，洞门云锁老藤萝。特筇缓步寻归径，可许余生再复过。"洞外岩壁上迎客松林立，野花开满四周，野果一地散落，着实给我们奉上了一场"视觉盛宴"。

我们沿着古石径往上攀行，脚底下的落叶发出窸窸窣窣的声音，尽管汗流浃背，但回味老鹰石、撑腰石、大岩洞、龙潭瀑布，一阵轻风吹来，顿觉神清气爽，步伐也轻快起来。

古之名山必有寺。海拔560米的香山寺，是赣南历史上有名的禅寺。据《赣州府志》载："香山寺，在信丰县南八十里，建自唐以前。寺在山顶之曲，山高二十余里。五六月间，僧或衣棉絮，飞雾时罩。殿宇上有祖师阁，望邑治如斗。""淡月，乾隆中，柱锡信丰金盆山寺，好吟咏。同时有餐雪者，居奉真观，后自署优昙精舍。常往来香山寺，一时名流相与唱和。"可见，古代名士纷纷前往香山寺探幽，一睹它的神秘以及它带给世人的震撼与惊奇。明成化己丑年（1469年）何让、康熙三年（1664年）杨宗昌、乾隆十六年（1751年）游法珠等多任信丰县令几度观香山寺，明状元伦文叙、罗洪先、进士董天锡、罗钦顺、吴百朋、廖庄、龙霖、汤显祖，名士俞琳、黄戴玄、黄文汾、俞雍、俞嘉哲等前贤都曾宿香山寺。

原先，香山寺叫净侣庵，明成化己丑年（1469年），曾任县尹的何让率当地勤农辟草莽来修葺，过后，僧侣山上并力创置门廊，将殿庑佛像一新。完工之后，江君通泗与他的儿子曰敏、曰俊、曰澄，担谷子到寺上供佛饭僧，以续延善士，这样往来，寺庙香火就旺起来了。香山寺规模大，寺院分上下两殿，两边设厢房、厨房、膳厅，皆为白墙黑瓦。围墙由石头和青砖组成。门前地势平坦，有数亩粮田，周围有一片深壑高林，鸟语此起彼伏，其中淙淙流水，跟花、鸟相映成趣。我们看到的香山寺是由石头和青砖组成的，围墙保存得比较完整，墙角还生长着一丛彼岸花，随风轻摆，似乎暗示着香山寺曾经的繁荣景象。

历代文人墨客纷纷作诗吟咏，留下不少脍炙人口的诗篇存世。信丰的黄戴玄，为大史闻之八世孙，满腹经纶，才华横溢，以"应例""入南太学"，取得贡生资格。我之前从清康熙五十八年《信丰县志·文儒》中查阅到了黄戴玄（即黄九洛）作的两首诗。一首是《初到香山寺》："到来筋力倦，不敢厌高深。山寺初投足，岩泉久在心。残烟杂夜气，明月射寒林。宴坐松扉掩，殊无夕磬音。"另一首是《宿香山寺》："云山留我宿,枯淡亦逍遥。焰细灯明灭,寒深月寂寥。游无嫌屡日,话不禁通宵。何计常来此,随缘乞一瓢。"

与香山寺遥遥相对的是观音山寺,取名为"观音坐禅",它拔地高约39米,如雕似琢,拱揖打坐,泰然自若,像超凡脱俗的观音,从不同角度看,形态各不相同。石刻诗《观音坐禅》云:"色相端严复俨然,跏趺此地是何年。近观自在心无碍,修证圆通身任迁。欲仗山魁聊坐因,同古佛遂安禅纤。不染清风拔灯彻,琉璃日月悬嵯峨。"又有石刻诗《求子中窝》云:"何年设的在山阿,以致人人竞中窝。侧体必求心内正,茸身岂论项颇峨。拟招仍践大人迹,中石非关猿臂多。德至即能珠玉掌,胡劳波背对中窝。"那烟岚雾霭之下,群峰深壑之间,人迹罕至之处,不知隐藏着多少未解之谜,这让人禁不住展开漫无边际的思古之情。

观音山寺红墙碧瓦,气势恢宏。青石台阶如同天梯,从山脚直至寺前天王殿。大雄宝殿、地藏殿、观音殿、藏经楼、钟鼓楼、云水堂、五观堂,一应俱全。从古至今,每年观音会,周边人络绎不绝,敬仰观音文化,传承祖辈善良的情怀,延续着对环境、人文、生态的一颗博大慈悲之心。倘若夜晚站在寺门口,遥望万盏明灯扑面而来,乡村夜景尽收眼底,真有"万灯朝观音"之感。

登临观音山山顶,四周山色一览无余。漫山遍岭的杜鹃花、枫树,镶嵌在香山的襟带上,如云似锦,风姿绰约,气势非凡。谷雨节前后,红、紫、橙、粉、白的杜鹃花,姹紫嫣红,分外妖娆。枫树呢?枫叶在春夏两季都是绿色的,到了秋天就会变成红色。观音山历经无数个春夏秋冬,造就了旷世奇景,让接踵而至的人们情不自禁地迷上了它。

如今,香山被列为江西省级地质公园,以砂岩微峰林地貌为主的香山园区,包括观音岩、老鹰岩、蜡烛石、将军岩、龙抬头、微型石林、大型峰墙、峰丛、奇迹石、刀劈石、峡谷等地质遗迹景观。以丹霞地貌为主的三宫山园区包括单体石柱、侠女岩、丹霞嶂谷、凯旋门等地质遗迹景观。此外，公园内还分布着叠瀑、凤凰瀑、飞龙瀑等水体景观。香山地质公园与赣南脐橙产业园、田垅畲族文化村、铁山下特色民居相互辉映。

春秋季节，众多游客可择一晴日到香山，来一场不可或缺的赏花、观枫之旅。

同年寨情结

以"寨"为名的村庄,在信丰县有许多,像一座座贮藏着无数历史根脉的富矿,激发人们去探幽。处于嘉定镇西南侧游州村的同年寨是其中之一,它亘古久远、博大精深,以时光赋予的独特姿态,耸立于众人的翘首盼望中。

在《信丰地名志》中可查阅到同年寨的确切位置:"在东岳庙西 2.5 公里。东西走向。东靠张家岭,南接长岗下,西连李家坑,北依刘家坑。"这意味着同年寨是一座名副其实的山寨。"同年"作何释义呢?顾名思义,就是"年岁相同",譬如,最早在唐代,同榜进士称"同年",之后演化成"志同道合"的人,即被赣南客家人俗称的"结同年"。相传,1853 年,洪秀全的一支义军在山围寨驻军,为扩充实力招四方义士结拜兄弟(结同年)。因此,"同年寨"这个名称沿袭至今就一目了然了。尽管《信丰县志》未对其进行记载,但有"太平军围攻信丰城"的纪略,这一史实或许能从大背景当中佐证出"同年寨"的相关履历。

游州村原名"游洲村",意为"上游之洲",因原先这里时常涨大水，村民期盼良田、良土不再被水淹没，就把"游洲"的"洲"字去掉了"三点水"。这一改果然奏效，再没涨过大水。后来，游州土地肥沃、物产富饶，连沙坝土也能产出萝卜，民间称游州"泥土插根筷子都能长出萝卜"，"烟台的苹果，莱阳的梨，不如信丰游州的萝卜皮"。抗美援朝期间，爱国的游州人民把这里种植出的萝卜晒成萝卜干，慷慨地捐赠给前方的志愿军战士，萝卜干成了志愿军战士在雪地战场上的美味佳肴。游州村人杰地灵，开国中将曾思玉、革命烈士郭一清等皆出生于游州村。一方水土养育一方人，游州村的贤人盛事，与风光无限的同年寨有着千丝万缕的关联，已被世人铭记在心。主峰海拔350米的同年寨遗存着历史文脉，明代邓友诚在《南山东观二首》其二中描写了同年寨："去郭西南二里许，洞天深锁碧云闲。宫商律按风前籁，水墨图开雨后山。此地紫芝何处得，昔人黄鹤几时还！不须远向武陵去，流水桃花总一般。"我们可以想象得出来，早先的同年寨充满了诗情画意，令文人墨客心驰神往。

同年寨与滔滔桃江水、悠悠南山岭前呼后应，同南野谷山、红色油山一脉相承，城镇的古貌新颜、乡村的田园风光、绵长的京九铁路、宽敞的高速公路，尽在它广袤的视野中一览无遗。走进同年寨，松林遮天蔽日，百鸟啁啾。微风起处，层层叠叠的大树有序地摇摆，犹如琴弦在拨动，演奏一曲欢快动人的乐曲，使人立刻进入无限的遐想中，感到生命的充实、心灵的自由、人生的坦荡，受到一种精神的洗礼和净化。同年寨曾经矗立峰顶的九层电视塔属于乡里村外最高的地标性建筑，它既用于扩大广播电视发射传播的范围，又成了一个郊野游乐的好去处，如今完成了它所肩负的历史使命，成了千家万户的美好记忆。

一条向西北延伸的盘山公路，通往一山衔三地（嘉定、大阿、正平）的谷山，它与同年寨像是一对知己知彼、心心相印的"同年"。俗话说，"来得早不如来得巧"，信丰县把谷山、同年寨的深情厚谊珠联璧合，重点建设"谷山—同年寨森林公园",以谷山、同年寨区域为主体,以油山、正平球狮区域为两翼,发展以生态休闲、养生度假为主的绿色旅游基地,为城市品位的提升锦上添花。万丈高楼平地起,谷山—同年寨森林公园于2016年6月开工,主要建设内容为景区公路、游步道、绿道、山顶信丰阁建筑群、停车场及游客服务中心等。时隔一年,县里在同年寨山顶广场举行了"信丰阁"开工奠基仪式。

信丰阁建筑群是公园的核心景观,这座七层高的信丰阁就自然而然地替代了九层高的电视塔,这里的"七""九"的寓意却颇具讲究和意味。信丰阁建筑群分别由阁、台、亭、廊等建筑组成,以信丰阁为首,紫亭为尾,用廊将阁、台、亭连为一体,其整体形态犹如巨龙,伏卧于峦山之巅。其中,取意"人信"的阁,是对"人信物丰"中的"人信"的宣扬和传承;取意"物丰"的台,台中置鼎,寓意信丰物产丰富;亭,用信丰历史名人甘士阶的字号"紫亭"命名……纵观中国历朝历代,上至真命天子,下到州官县府,几乎都修建楼阁,用来纪念大事等,各有千秋,流芳百世。而当今,以"人信物丰"著称的信丰大地上的信丰阁,承前启后,继往开来,有着非同一般的境界。

大凡名胜古迹的闻名,离不开名人的诗文书画去画龙点睛。像江南三大名楼滕王阁因王勃的《滕王阁序》而闻名,黄鹤楼因崔颢的《黄鹤楼》而闻名,岳阳楼因范仲淹的《岳阳楼记》而闻名……哪一座楼阁都闻名遐迩。"远在天边,近在眼前"的江南第一宋塔大圣寺塔以及玉带桥是响当当的"国字号"重点文物保护单位,处于塔侧的"赣粤边三年游击战争纪念馆",馆名由原中顾委常委陈丕显题写,"玉带桥"由信丰籍在台著名画家张笃孝题写……笔墨丹青生光辉,一片冰心抒情怀。土地革命时期,陈丕显同志在主力红军出发长征后,跟随项英、陈毅等同志和中央苏区领导机关一起,突出敌人的重重封锁和包围,进入赣粤边游击区,进行了艰苦卓绝的三年游击战争并做出了重大贡献。张笃孝先生出生于嘉定镇，从小喜爱绘画。他遍游祖国名胜，以娴熟的水墨丹青为花王牡丹作传神写照，形成了中国当代画坛独树一帜的"张氏牡丹"。同样，"信丰阁"也有其别致的文化品位，这让人记起祖籍湖南凤凰城的著名书画家黄永玉。年俞九旬的黄老跟信丰颇有姻缘，他19岁时来到信丰，在同年寨邂逅了因战乱来到信丰的广东姑娘张梅溪，赢得了姑娘的爱情……信丰融入了黄老的爱情故事，不啻为同年寨的一段佳话。信丰籍著名作家郭晨，擅长历史题材纪实文学和影视文学创作，其中《特殊连队》被邓颖超、杨成武、童小鹏等老一辈革命家赞赏。他参与创作的电影巨片《开国大典》获中国电影"百花奖""金鸡奖""政府奖"；根据他的原著改编的"赣南红色题材"电影《红小鬼》，许多外景是在同年寨拍摄的。郭老担纲执笔《信丰阁序》，其意义之大不言而喻。

信丰如此多娇，引无数文人竞折腰。诚如是，"信丰阁"无疑是这方水土的一个文化地标，必将人文荟萃，群贤毕至，与未来同在。

于都组歌

一

赣南雩山之南于都是二万五千里长征出发地，它的这一身份实在特殊不过了。

许多必然的特殊性并非孤立存在，它与其恒久的历史底蕴无疑有着千丝万缕的联系。最初，于都因以北有雩山而取名雩都。县政府大院内有两株千年古榕树，相传这两株榕树是唐太宗李世民率大唐军队经过于都驻扎县衙而栽下的，足以印证于都为"千年古县"毫不夸张。

雩山脚下有座雩山庙，是宋淳熙丙午（1186年）州守周必正所建，以祀雩山之神，"神威震五洲功德流千秋，法令撼四海芳名传万代"。赣州知州任上的文天祥诗句"风雨十年梦，江湖万里思"仿佛是个谶语，道出了他以后人生的境况。文天祥任右丞相兼枢密使后，英勇抗击元兵，在于都打了大胜仗，但后来攻打吉赣的宋军为元军重兵所败，被元兵追击到于都北乡的金溪村，文天祥无路可走，潜入庙内躲藏。当时，天空突降倾盆大雨，古庙一时被淹没在云海雨雾之中，元兵既惊奇又恐惧，草草收兵扫兴而归。元兵走远了，云散雨止，文天祥虔诚地题了一副对联："威灵耿耿，风云雷雨齐鸣；法令赫赫，日月星辰同明。"他行至罗田岩，又写下了《集句大书罗田岩石壁》："岂弟君子，民之父母。靖共尔位，正直是与。无贰无虞，上帝临汝。"

罗田岩石崖洞穴，洞洞相连，有座濂溪书院，是道教与理学奠基人周敦颐讲学的遗址。周敦颐在任赣州通判时，经常到这里讲学、与朋友聚会，探讨和传授理学精要，他的心爱之作《爱莲说》全文碑刻于濂溪阁内，还有他的七言绝句《游罗田岩》题刻："闻有山岩即去寻，亦路云外入松阳。虽然未是洞中境，且异人间名利心。"南宋理学家朱熹题刻"居然仙境"，岳飞刻"天子万年"和七绝诗《罗田岩访黄龙禅迹留题》："手持竹杖访黄龙，旧穴只遣虎子踪。深锁白云无觅处，半山松竹撼西风。"元代书法家王懋德刻"白云深处"。明代中期，集心学大成者王阳明讲学赣州，应于都弟子何春之邀，来到罗田岩留下了墨迹《观善岩小序》："善，吾性也。曰观善，取传所谓相观而善者也。"阳明后学罗洪先、何廷仁、黄弘纲、何春、管登、袁庆麟，也纷纷在此讲学，传播理学文化。

1957年，"雩都县"经国务院批准改为"于都县"，后来，有人将"雩山"改为"于山"，其实，"雩""于"二字并非繁、简之别，而是两个字，《辞海》和《字典》对"雩"字的解释是古代求雨的祭祀，对"于"字有多种解释，但都没有含"雩"字之"求雨的祭祀"的意思，曾以求雨祭祀活动之地而著称的历史名山——"雩山"，看来没有理由改为"于山"。

二

于都，作为"地球上的红飘带"的起点被载入史册，中央红军长征经过的第一条大河于都河，已经成为一座永恒的丰碑。

80多年前那4天4夜里发生的历历往事，已经成为人们难以忘怀的记忆。中央红军当年进行战略转移，为什么要选择从于都河上经过呢？靠近"长征第一渡"的中央红军长征出发纪念馆，陈列着大量史料、文物，解说员的讲解揭开了其中之谜。1934年7月，中央制定战略转移作战计划时，初步确定中央红军"要先转移到湘西去，和二、六军团会师"。首先的突破点选择在江西信丰、安远间敌军设置的第一道封锁线上。这样重大的战略行动，在实施过程中必须选择大部队能迅速换防、集结和休整、补充，并能收得拢、撒得开、突得快的最佳地域。于都地处闽浙赣三省要冲，东连瑞金、长汀，北靠兴国、宁都，南邻安远、信丰，境内多丘陵，人口稠密，物产丰富，正好适合大部队的行动、宿营、隐蔽和补给。

望着于都河，我耳边再次萦绕起陆定一写的长征诗句。红军长征出发地纪念馆陈列着当年红军穿过的衣服、草鞋和渡河用过的船只等，还有红军渡河时浮桥的黑白照片。讲解员介绍，当时于都河上没有桥，沿岸的百姓听说红军要渡河，几乎把家中所有的门板、木料，甚至连老人的寿材都捐献出来了。最后，大家共找来800多条船只架成浮桥。于都百姓还帮助安置留在于都的6000多名红军伤病员，并为红军送去5000多名新兵，参加运输队、担架队，跟随红军长征。周恩来为此曾动情地说："于都人民真好，苏区人民真亲。"

如今，于都县城有关长征的纪念物、建筑处处可见。当年中央红军渡过于都河的渡口，已经建起了"中央红军长征第一渡纪念碑"，渡口周围变成了纪念广场。长征第一渡纪念碑高10.18米，寓意是毛泽东、朱德、周恩来及中央和红军机关于 10 月 18 日在东门渡（"长征第一渡"）踏上长征征途。如今，这里花红柳绿，生机盎然，长征已经成为于都人心中永远的丰碑。县城里，长征广场、长征大桥、长征大道、红军大桥、红军大道，无不时刻提醒着大家勿忘那段辉煌的历史。许多小店铺，如食品店、超市、照相馆、复印社，也以"长征"冠名。现在，于都人民不仅建起了红军长征出发地纪念馆，而且已经将长征的伟大壮举和长征精神作为区域发展的新动力。

三

于都民俗活动丰富多彩，最具代表性的当数"于都唢呐公婆吹"。"公婆吹"一般配以锣、鼓、钹等打击乐器，所以俗称"吹打"，乐器主要是"公""婆"两支唢呐，"公"唢呐稍短，音色高亢嘹亮，"婆"唢呐略长些，音色低沉浑厚。演奏时，艺人身穿彩服，配以大钹、小钹、大锣、小锣、大鼓、小鼓、梆子等乐器进行演奏。

于都人吹唢呐有很多绝活：一是冬天吹奏时，不仅手不僵，还能冒汗；二是夏天连吹几个小时，可以喉口不干。最令人叫绝的是"单手吹"和"换手吹"，艺人们左脚打锣，右脚踩钹，单手举一支唢呐，四只手指灵活起落，吹一阵，换到另一只手上，竟曲不中断，衔接得天衣无缝。1929 年，毛泽东同志在于都东门沙坝召开万人大会时，于都唢呐"公婆吹"大显身手。后来，红军长征离开于都时，于都唢呐手们吹着曲调，依依不舍地送红军夜渡于都河，踏上万里长征路。如今，每个乡镇都有一个或几个自发组织的唢呐班子，谁家娶老婆都少不了他们，而且到了旺季天天都有得"吹"，每到一处都会引来不少围观者，唢呐吹奏的欢快、热闹气氛也给人们带去了不少快乐，还涌现出许多"祖孙唢呐""夫妻唢呐""唢呐世家"。有位被称为"刘班主"的艺人甚至可以用鼻子来吹奏唢呐，他凭着这一手绝技，让于都唢呐走进了中央电视台，走进了春节联欢晚会，走进了北京劳动人民文化宫，还走向了海外。

于都"上刀山、过火焰山、水上漂、滚簕床、下油锅、长襟"活动别具一格。上刀山又叫爬刀梯，将锋利无比的36把长刀绑在18米高的松树圆木上，刀口朝上，表演者赤手赤脚，手抓脚踩，在锋利的刀刃上步步高升，没有一个人受伤或者出现意外事故。过火焰山又叫下火海，表演开始前，祭师开始点燃大火坑里的木炭，表演者脚沾"符水"，踩进通红的火炭里，带头跑过火坑。水上漂，在一个数米水深的大鱼塘水面上，拉起一条约50厘米宽的红布，表演者从几十米长红布条的一端徒步至另一端，险象环生却有惊无险。滚簕床是在布或草席上铺满乡间野生的牛头簕和其他带硬刺的植物，形成一张簕床，表演者手端瓷碗，碗里装有水，手舞足蹈一阵后，手指对着碗里的水比画几下，喝了碗里的水，喷洒到簕床上，然后，脱去上衣赤膊上阵，在簕床上连滚几圈，身上大小伤痕不见一个。下油锅，也称捞油锅，一个大火炉、一口大锅头，火炉里生着炭火，锅里头装着食用油，表演者围绕油锅团团转，往油锅里下豆腐并搅动，豆腐煎熟后，一个表演者赤手伸进油里，拿起一条豆腐放到嘴里吃下去。长襟，又称刀山树下栽根，即把未成年男孩或比较多病痛的男孩带到刀山树下"栽根"，长襟的物品一般是米果、水果、鸡蛋、大米、香烛、食用油、灯盏、雄鸡、手镯、平时穿戴的衣服鞋帽、襟盆等，长襟结束后，参加长襟的家庭带着米果、水果、襟盆、长命鸡（雄鸡）回家，祝福小孩平安成长。

这是与眼睛相遇的欢声，也是与时光重逢的笑语。

围屋寻梦

一

长空，群山，河流，紧裹围屋，别致厚重，千古恒久；族人、六畜结成部落，自然和谐，生生不息。

围屋，古民居的一种，全国遗存稀少。在江西，仅赣南一些地方才有，龙南围屋捧出窖藏的沉静之美，尤为著名。

我在龙南的围屋间行走，寻它们被时光磨砺的内核，闻它们悠长亘古的韵味，唯恐惊扰了它们原始的安宁。

龙南民居，建筑形式"源于商秦，庄园之风格"。看得出，围屋的坯体，源于唐诗，盛于宋词的咏吟中。"永嘉之乱""安史之乱""靖康之难"的战火烽烟四起，中原汉人跋山涉水，五次迁来"南抚百越、北望中州"的赣南。始建于南唐保大十一年，"以信丰虔南场，处百丈龙滩之南"的龙南境内，"逢山必有客，无客不住山"。这些被称作"棚民""獠人"的客家先民，为了抵御山寇匪人的侵袭，护佑族人平安，团结抗争反客为主，用砖瓦、土坯、石灰和竹片、木条黏结糯米饭和鸡蛋清，夯筑成易守难攻的城堡，正如诗人所描写的"山楼添鼓角，村栅立旗枪""深廓藏利箭，荒寨走矛叉"。围屋简直就是一个独立王国，一座小小的城池，如天神馈赠的勋章，与北京的四合院、陕北的窑洞、闽西的土围楼，组合成"中国四大古民居"，凝固成座座"客家活化石"。

龙南围屋经历腥风后残留的痕迹，记录着历史的兴衰起落，以及客家人的沧海桑田，成为"客家魂"的形象依据。于是，"龙南——客家围屋之乡"，便在人们心目中形成共识。

二

关西新围是赣南现存五百多座客家围屋中结构、功能最齐全的一处，以高大坚固著称，极富传奇色彩。那古朴的造型，散发出华夏历史的气息；那大气的围墙，彰显出中国建筑的魅力。

它建于清代嘉庆至道光年间，是关西名绅富豪徐名钧念及朱元璋"高筑墙，广积粮"的古训所建，含"深谋远虑、荣昌子孙"之意。它费时二十余载，在嘉庆、道光年间轰动一时。

这座层层重叠的围屋，依山傍水，绿竹、池塘、农田与蓝天一气呵成，"其形如珠，其势如龟，背负青山，前有山峰点点，犹盛开之莲花，妆点此间，左右游龙盘旋守护，其景可嘉。"远看，它如一座炮楼，正面分布枪眼和炮洞，形成防御外来入侵的火力网。1938年，日本侵略者的飞机袭击了关西新围，外墙仍有未能洞穿的弹孔，可见它墙体的坚固。大院前有一对石狮栩栩如生，围内设有膳食处、居住间，水井、粮库、战楼，结构严谨、疏密有致，多变而统一。它俯瞰群围、鹤立鸡群，有"高守围"别称。

围屋一处，辟有"小花洲"的亭台楼榭，居中开挖一口湖泊建一小岛，设假山、塔石、石桌、石椅。岛上鸟语花香，湖内鱼虾嬉戏。小花洲遗留着荷池、假山石，让人一眼看出，这里是一座典雅的江南园林。围内曲径通幽，轩廊飞檐，画彩镏金，绘着"渔樵耕读""琴棋书画""梅兰菊竹"等图案，镶嵌的蝙蝠、龙凤、石榴、牡丹、桃子等木雕，汇集多子多福、富贵如意、繁荣昌盛之意。时任赣州知府的探花周玉涵，来到围内与主人一起把酒临风、吟诗作赋。

围屋西侧设了学堂，子弟们在此知书识礼。他们开垦荒山、耕读并举、重教崇文，鼓励孩童读书入仕，强调"吾等泱泱汉族，本当主宰九州""国之有难、匹夫有责"的族训，以光宗耀祖。后来又开办了书院、县学。自建围以来，家族中有几十人中举人、进士，得授三品大夫衔；当代有36人考入高等学府，获学士、硕士和博士学位。

屋内气象万千，别有洞天，"九幢十八厅"的气势无不符合"山环水抱必有气""水曲则有情"等古说。我绕着廊道漫步，寻觅它往昔的印迹。三进式设计的祠堂，斗拱飞檐，房间错落有致，密布其间，是祭祀祖先、开会议事的场所。共同祖先的后裔子民，互以叔伯兄弟、姊嫂妯娌相称，和睦相处。平时，他们各自过着自己的日子，集会议事、祭祖行礼、婚丧嫁娶时，便是大家庭的聚集日。若遇生人造访，他们会"笑问客从何处来"，同姓的人称"宗亲"，不同姓的人称"老表"。在陌生的人群里，只要听到说客家方言，便知是中原迁来的同根老乡，三句话下来就接通血脉。这种"亲网"一开，便形成了一人有难、多方相助的态势。

关西新围传承了中原文化的风骨，兼容并蓄了本地文化的精髓，创造了建筑与自然的和谐之美，堪称"东方古罗马城堡"和"散落民间的皇宫"。这让我想起远古的城堡和天坛。我无法想象，它是在坚守这方水土的荣耀，守望岁月的沧桑，还是期盼村人从灵魂深处催长祈福的意愿。

三

走进龙南杨村和里仁，乌石围、燕翼围、栗园围，自成独特群落，如同对仗工整的格律诗，有着中国古典村落形散神不散的风貌和极致的形式美。

杨村镇的乌石围，是赣南客家围屋中独一无二的半圆围屋。它因一块乌石得名。相传在几千年前，桃江河里有一只乌龟兴风作浪，吞噬人畜，观音娘娘派善财童子下河降妖。童子经过一场恶战，打败了乌龟精，并把它变成了一块硕大的乌石。

燕翼围也不同凡响，在清顺治七年应运而生，它取《山海经》"妥先荣昌，燕翼贻谋"中"燕翼"二字为围名，里面保存了大量木雕、石刻以及绘画等艺术精品。里仁镇的栗园围，始建于弘治辛酉年，因当地生长茂盛的梨树，村民挖取根煎水熬膏，医治了肺病而得名。居民清一色的李姓，相传是明代大将军李清公的后人。李清公追随王阳明统军平叛战功卓著，还乡后用赏赐的土地建了围屋，王阳明留下的"栗园围"三个字苍劲有力。

这让我联想起定南、全南、信丰、安远一带的围屋。它们建筑时空横跨数百年，与龙南围屋的建筑风格相比，有些微妙的变化，防御功能渐次淡化，更讲究美观舒适。安远县镇岗乡的东生围、定南县鹅公乡的田心围则朴实无华，酷似广州墓明器"坞堡"和鄂州出土东吴"孙将军门楼"。于都博物馆收藏的澄江村围门匾中，北门门铭落款为"文天祥题"。

如今，龙南围屋脱胎换骨成祭祖圣地、观光胜地，"穿花蛱蝶深深见，点水蜻蜓款款飞。传语风光共流转，暂时相赏莫相违"。村人坐在自家的古宅边上，聊闲天的、织毛衣的、补皮鞋的都有，孩子们钻进围屋玩耍、捉迷藏。一群中年女子跳起了广场舞；几位古稀老人聚在翠竹下，哼小曲，拉二胡。戏台上演出赣南采茶戏，表演民间绝活、舞蹈、古装走秀，方言腔、唢呐声，透过风尘冲向青天，仿佛要撼动沉寂的围屋，再现当年"众商云集、内外通融"的盛况。

　　我在努力搜寻后生们的身影，但他们早已离开围屋，外出闯荡世界，只在过年时才回到这里敬祖；如有哪家添丁，才在这里摆酒席，以前是这样，现在也一样。

　　春秋如梦，追古溯今，龙南围屋被列入《中国世界文化遗产预备名单》，倘若它彻底甩掉保守与贫困的包袱，全新注入开放、创新与富庶的关键词，再过十年、二十年，又会变成什么样子？

　　那时，我愿意以江西老表最虔诚的方式，面对它深切地作"三鞠躬"行礼。